陰劍手印

自序

這本小書是名符其實的「生活」「偶記」。

生活，自己在學校服務，除教學與研究外，不外寒暑的變化，佳節的聯想，或者與學校、學生相關事務。有時記記家人相關的事，有時記錄老師、學生們的事，或者學術交流，與學校相關事等等，偶爾對周遭社會、政治環境亂象的一些感觸與煩憂。林林總總雖是瑣細的事，但都是有感而寫，雖然有點像日記，不過都是真情的表露，不作無病呻吟。

這本小集子是民國九十三年（2004）開始記錄的，以前生活片斷發表在《王建生詩文集》、《建生文藝散論》、《心靈之美》、《山濤集》。這本集子一直寫到一〇〇年（2011），陸續完成的。

今日，很快成為昨日；明日，也很快成為今日。在這快速的流變中唯一能掌握的是短暫的現在。聚積許多短暫的現在，即織成為生命的組曲，流傳在大地。也因為這樣的觀念，養成寫作的習慣，似乎也累積每一點的能量。篇末也有註明寫作時間，以便記憶。有的忘記創作時間，也就算了。

住在大度山上，雖然日子較為平淡，多少紛紛擾擾的事情，總有些。漸漸地，學會宗教家的精神，遇到如意、快樂的事，也不太在意；遇到困擾、紛亂的事，當成「逆增上緣」，天神在磨鍊我，所以日子很快的平靜。所以，這本小書稱為《山中偶記》。書中，也包括心中的起伏與平靜，作此紀錄。部分文章，刊於《東海文學》、《沃夢詩刊》、《東海校友》以及相關的書籍等。最後感謝內人陸續幫我打字，也謝謝中文系楊佳同學幫我整理，更感謝秀威資訊科技公司協助出版。

王建生　大度山上

一〇〇年十二月

目次

1 春雨的聯想

忽然來的一陣春雨，淅瀝淅瀝的打在瓦片上。

本來以為春天只會乍暖還寒，現在卻品嚐淅瀝的雨點。雨點滴滴搭搭，引起幾許惆悵。不羈的歲月，一點一滴，一寸寸的溜走，令人難以置信的快。猶記自己是國小生，忽已初中部畢業，輾轉升上高中、大學、研究所。不同層級的學校相繼畢業，結束了學生生活。研究所畢業，開始做事，由講師、副教授、教授相繼升等，如今已是資深教授，且當了系主任，一切順利。一直不停的寫作，著作陸續出版，心中無限安慰。這就是我的生活、生命。

驀然回首，大片大片的歲月，永無止息的前進，令人感慨！值得安慰的是，多年來教導的學生，也相繼畢業，如潮水般；部分的學生在事業上很有成就。尤其早期教的學生，現在已是國家的主人翁，心中無現的快慰。自己在知識智慧、人生的歷練上也有所增長，增長便是福報，福報讓心裏得到安慰。

眼看紛紛擾擾的社會，今日如此，昨日如此，未來恐也如此；把大好的生命在「名」「利」間爭奪，「幸」呢?還是「不幸」？「福」呢?還是「禍」？就像春雨一般，令人模糊。

94.04.13中正紀念堂

2 主客兩忘

《莊子・齊物論》云：

栩栩然蝴蝶也，自喻適志與，不知周也。

此言莊周化為蝶，自己隨物而變化，是主客合而為一，不知有我，不知有物，於是產生主客相忘的境界。

主體是我，自我意識掌握了吾人生命的認知、判斷；客體是物，客觀的存在事實，吾人以不同的認知、見解來判斷。詮釋客觀存在的物。白天時，我是我，很清楚；作夢時，我轉化為物，轉化為蝴蝶，轉化為蝴蝶的意識，物我相忘。

一個人能達到物我兩志，確實不易。不過，能達到此境界，讓物我兩忘于無形，卻也能提升人生境界。不會為凡俗小事斤斤計較。

94.08.10

3 七夕

七夕，屬於情人節的日子，因為內人到新竹照顧外孫女小鈞鈞，自己在家顯得冷清。以往，其實也是平淡無奇的過。倒是想起孩提時，母親說七夕稱為床母娘娘壽誕，所以她總在這一天煮痲油雞、油飯，祭拜床神，感覺得小孩時候趣味多。

年紀漸漸增長，以後，我的生活天天浸潤在書堆裏，腦子想的，生活的內涵，都是無際的書海，好像數不盡的日子，都得在書堆中過。還好，從小我就對書感到興趣，不會覺得讀書是苦事，反倒覺得是一種樂趣，所以積累無數的歲月，都是在書中學習，跟古人作朋友，生活已經習慣。即使沒有人陪伴，七夕還是容易過。

94.08.11

4 一段話

記得在完成《蔣心餘研究》時，按照以前我寫書的慣例，總是把原稿送請蕭繼宗老師審閱、斧正後再出版，而這次《蔣心餘研究》完稿送請蕭老師審閱，老師閱畢後，突然告訴我把序文的「老師斧正」文字刪除，當時心裏起了一陣疑惑。

原來蕭老師的意思，認為多年來培養的師生情誼，早已超出一般的師生感情，所以師生情誼不用寫在上面，那時，我才如夢般驚醒，老師對我的感情這麼深，期盼這麼切，這麼器重我，當時心中引起強烈的震撼。直到現在，不能忘懷。

後來與老師交談中，老師告訴我他的心願，他對我期許深。而老師的心願如張載所說的：「為天地立心、為生民立命、為往世開太平」，我知道老師思想博大，立志宏遠，常有為蒼生著想的心懷，尤其繼往開來心志，令人敬仰。於是把這段話永遠記在心頭。

94.08.12

附記：今年（2012）二月，我與前教務處註冊組陳勝周主任提供資金成立「蕭繼宗先生暨夫人紀念獎學金」，老師的志業可得到傳承。

5 珊瑚颱風

前陣子來了兩個颱風「海棠」、「馬莎」，經過臺灣，讓臺灣造成一個風災、一個水禍的災害，尤其山區的淹水，也造成桃園、高雄因水庫之水混濁而停水，尤其桃園山區，經過九二一地震後，土質鬆軟，加上百姓濫墾濫種，使得颱風一來，大水沖刷，土石沙石從山上挾雜而下，造成土石流，流到石門水庫，水庫水濁至八萬度，自來水公司無法過濾而停止供水，使得桃園百姓缺水，真是遺憾。

「珊瑚」雖是輕颱，據氣象局說也不經過臺灣，臺灣只受環流影響。到底會是什麼情況，不得而知，大家正嚴防以待。

94.08.12

6 智慧與慾望

人一生下來就有許多慾望，有了慾望，就想實現它；有的固然可以實現，滿足自己的理想，有些不能實現，造成無窮的困擾，包括作奸犯科，導至悲劇下場。

智慧，西洋人稱之為wisdom，指須要後天慢慢培養，靠知識累積，眼光獨具，高遠判斷力才能產生智慧。追求智慧的慾望愈多愈好，愈能使世界推向文明。所以現代人提倡終身學習，讓學習的成果貢獻人類。

一個人生活在現實世界，想要滿足的慾望很多，有些是合乎情理的，有些是不合乎情理的，不合乎情理的，自己就得學習克制，如孔子所謂「克己復禮」。否則，為了滿足自己的慾望，做出違法的事，總是得不償失。

94.08.16

7 迎新生

年年都在迎新生送舊生，今年有些特別的是，分北中南地區迎接新生。學校在中正紀念堂舉辦，迎中區新生，東海是一個很好的學校，包括學習環境，整座大度山林木蔥鬱，花鳥相集，令人陶醉。四合院的建築，院內的迴廊與院外的小徑，蜿蜒在花林之間，過往的行人穿梭在小徑與迴廊間，構成美麗的圖畫。

東海交通方便，位于第一第二高速公路中間，新開僻的中科就在對面，距離台中機場、台中港不遠，校園佔地寬廣。原有教學區不斷有新建的教學大樓，農牧場正在開發新的第二教學區，整個校園充滿著欣欣向榮。

東海人才鼎盛，早期的學長多位獲得中央研究院院士，或者揚名國際，在國內政壇人物舉足輕重者如前行政院游院長，以及英業達企業總裁李詩欽等人，都值得頌揚。

東海今年正逢創校五十週年，各系、各院有各項慶祝活動，中文系也舉辦許多慶祝活動，包括成立系友會，東海中文系五十年來緬懷與傳承學術討論，甲骨學國際學術討論會，還有教育部獎勵東海教學卓越計劃中的「文史哲中西文化學術講座」、「提升文學習作」、「中文課程改進計劃」，周質平傑出校友演講等等活動，可說是盛況空前。

94.08.17

8 有感於文學院評鑑

上年度教育部委託臺灣評鑑協會評鑑各大學情況，在八月十八日公佈結果，本校各方面表現很好，不過在專業領域方面，「人文藝術與運動」這一項，成績沒有列入「表現較佳」。可知，我們文學院尚須加強。

長久以來，本校重視理工農學院，而文學院資源分配不足，令人感到遺憾。文學院的老師，由於不容易申請到國科會獎助或計劃，往往受到排擠，實在令人遺憾。文學不是科學，這是很清楚的，主事者卻硬要將「科學」架在「文學」之上，實在令人不解。難道科學萬能？有了科學，人文全可廢掉？有了科學，文學就有了生命？令人疑惑。

自古以來，文學家都在默默耕耘，雖難以得到社會較多的資源，或者仕途坎坷，這或許是「文人」的「命運」吧！杜甫所謂「文章憎命達」，韓愈說「文窮而後工」，或是對文學另一種詮釋。

94.08.19

9 讀許倬雲院士〈大學評鑑後高教諫書〉

《聯合報》在八月十九日刊登中研院許倬雲院士〈參與大學評鑑後高教諫書〉，文中提到1•何必處處以研究教學並重。2•本土學揠苗助長、國際化外語不足。3•理工醫壓倒人文與社會科學。這是目前臺灣各大學的情況，真是一針見血。

以東海言，尤其第三點，提到人文學科，長久受到壓抑，不論資源分配，聘任老師等，莫不以理工為優先。本校設立「重點系所」六七年以來，從來就沒有文學院系被選上，真是荒謬。東海是以文學人文為主之學校，現在重點系所竟然一個系都沒有，真是可悲。

有關許倬雲院士的意見，摘取其中如下：「……第一是這次評鑑的對象，多達一百八十餘所大學。其中不少是在近年來的專職學校升等，為此各校的情形，良莠之間，十分參差。

有若干學校除了校名改成『大學』其實質並未改變多少。……高教系統，應是多元功能的分工。有的大學應以研究為主軸，有的學校應以教學為其任務，另有一些學校（例如藝術大學），則應相當重視創作能力的培育。目前，中華民國的教育與學術，處處以「研究成績」為重要的成績指標，而指標又以出版專文的引用指數為量化的尺度。個別教員同仁的成績，及學校的聲望與排名，無不以上述量化指標為最主要的衡量標準。這一現象已瀰漫各處。於是，教員以研究為重，教學為次，有些學者視上課為副業，甚至不在乎是否在一學期內，真正教完了課綱所列的進度。……又何必處處都以研究教學並重為辨學鵠的？認真做好一樁，已功德無量，又何必兩頭兼顧而兩頭落空？……第二點，近年來高等教育，以『本土化』與『國際化』兩大口號為最響亮。……由於臺灣的當今風氣，本土之學，遂為當代顯學，在發展本土之學方面，有些似乎行事草率。……在『國際化』方面，各校都相當注意形象，並在跨國結盟，招收外籍學生……等項頗為著力。相對的，若『國際化』的目標在瞭解別人，則外語訓練當是最須注意的項目，目前臺灣高教，在這一點上，其實還真該多花些力氣。第三點，中華民國高等教育長期累積的風氣，理工醫壓倒人文與社會學科。全國大學的分類比率已十分明顯的偏重理工；個別學校內部資源分配，也明顯有所偏差。甚至衡量同仁成績的尺度，如前述論文引用指數，本是理工醫科常用，卻未必適用於人文學科。人文學科同仁為此頗有不平之感；我們參訪各校，即常聽到同仁的訴怨。大學教育應是培養全人為目的，人文教育是其重要環節，不應視作點綴裝飾。」

許院士的評論對於長期被壓抑的人文社會學科，何嘗不是救時弊的箴言。

94.08.22

10 月到中秋分外明

今天是農曆八月十二日，過三天就是中秋節，古人講「月到中秋分外明」，一點都不錯。我從辦公室望著外面，月光確實皎潔。月光下，臺中市的燈火，閃耀著各種顏色，還有高速公路旁的燈火像金色的絲帶，令人陶醉。我愛著月光，更喜愛燈光，月光交會的夜景，比起前陣子，又是「海棠」，又是「泰利」，風風雨雨，弄得家家戶戶辛苦非常，甚至颱風過後，也有許多住戶沒水喝，真難過。

迷戀月光的皎潔，也迷戀燈火的輝煌，閃爍的燈光，讓人感覺如在夢境、仙境，似乎遠離凡塵俗世。

94.09.15

11 今天是中秋節

一大早，我到農牧場散步，看見牧場在薄霧的籠罩下，若即若離，似有似無，令人有無限想像，尤其在叢樹與牧草間，一道淡淡的薄霧劃過，有說不出的美好。第二教學區，即將在此興建，一定很美。

再看看初升的太陽，橘紅的顏色，從大度山望去，從樓頂上升，像初生的嬰兒，有無限喜悅。回程，走向東海湖，繞著湖畔走，先是看到魚兒在湖中游來游去，爾後在岸邊看到一群烏龜忙著迎接朝陽，感覺人走近，忙跳入湖中。

回家，按照慣例，散步後，攤開紙墨練習書法，寫了個對子：岸上仁龜聚，湖中戲紅魚。倒也能書寫實景。

今天年是六十歲生日前夕，往昔不論在學術、文藝創作、以及收藏，也都盡力而為，也有一些小小收獲，覺得欣慰。除了感謝周遭的人幫忙，還要感謝老天。

94.09.18

12 進修部停招的想法

九月二十二日系務會議，提出進修部停招案，有部份同仁認為如果「停招」，我就須下台。說來可笑，目前系上的師生比，已經是一比四十幾，嚴重失衡，恐怕中部倒數第一，也可能全國倒數第一，就學生素質言，目前大學錄取率八十九點一，進修部錄取分數四十幾分，素質低落可想而知，老師們上課意願低，何況招生的來源已有問題，來源不足，還要大聲疾呼，不可停招。

以一比四十幾的師生比，已經接近「學店」了，從前增加學生人數，為什麼沒有考慮加聘任老師，造成今日嚴重失衡，實在悲哀！

（進修部停招案已於十二月七日系務會議三分之二以上同意投票通過）

94.09.24

13 三個強颱

今年三個強颱侵襲本島，「海棠」、「泰利」傷害重，「龍王」傷害稍輕，雖然現在科技相當發達，免不了有測不準的時候，沒料到「龍王」來的快去的疾，好似一陣旋風。

屏東牡丹水庫，因怕「龍王」帶來較多雨量，太急著放水，放掉三分之一的水，結果颱風並未下大雨，水庫剩三分之二水量，又得煩惱今年如不下雨恐要缺水的問題，真是人算不如天算。

颱風平時要防備，不可過于忽略，有時，急也沒用，就如做事，平時預防總比臨時急急忙忙好。

94.10.04

14 聘人

要想聘些有名望的人，確實也不容易，上次系教評會，列了國內外一堆夠資格的教授名單，結果只有張亨老師願意來，很感謝張亨老師對于教學的熱忱。這次（九十四年度下學期）聘客座，請鄭清茂老師，也同為健康關係還在考慮，希望鄭老師能夠下學期來東海任教。

有時，求才不易，令人感到困惱。

（補充說明：聘鄭清茂、張淑香、黃景進、馬森等教授皆落空，後來用講座教授聘劉再復教授，通過系教評會，也通過校教評會。）

94.10.06

15 國慶日

今天是國慶日，不過，由於政局不安的關係，愈來愈少的人懂得「國慶」的內涵，什麼是國家生日？也許這是這一代人的迷惘，對國家的認同已有歧見。

今天來研究室，五樓只有我一個人的樣子，難得清靜，覺得社會浮華，混亂，最好的辦法就是「修身」，充實自己，做個有為有守的人。

九十幾年前，為創立中華民國，拋性命、灑熱血，愛國情操令人佩服。現在的年青人呢？是否也為自己事業、國家未來，作些努力？還是沉溺在網咖、網路中？

94.10.10

16 平路演講

平路（本名路平），來東海講座演講，本來素昧平生，因為程校長介紹，認識的。她講的內容以「真」為主，表露真性情，譬如說注意父親的頭髮，母親的皺紋，雙眼皮等等，都是日常瑣事，卻是真情流露。

以「真」為出發點，表達真感情，確是文學成功的要件，沒有「真」，還談什麼文學創作。聽周芬伶教授說，一般作家多少會得罪人，只有平路沒得罪人，沒有仇家，是否因為作品與人生都表現真情，所以動人，所以無敵。

94.10.21

17 復旦大學開會

復旦大學邀請我（還有台師大王開府主任、中正大學謝大寧主任）在十一月十日至十四日到上海復旦開「兩岸中文教育發展會議」，以前不曾出國開會，現在有機會嚐試，未嘗不好。

兩岸分治已久，人心複雜，難以一同，需要時間、需要文化互相了解，才能慢慢磨合。

大陸人口多，只要肯努力，很容易趕上其他國家，在臺灣久居的人們，住久了，容易「夜郎自大」，不可不慎。

94.11.08

18 山之聲

昨天十二月一日，第一次在人文大樓聽到「嗚嗚」的聲音，大概整個人文大樓的結構，有個缺口，山風襲來，容易發出聲響。山上濤聲很多，第一次聽到嗚嗚的叫聲，令我驚訝。

也許是湊巧，作天開停招進修部會議，下週三投票決定。下週四辦理陳問梅教授追思會，似乎「嗚嗚」的聲音是來相伴？

是否預感這二件事？還是只是巧合？

94.12.02

（進修部停招已於十二月七日系務會議投票同意，陳老師追思會決定在十二月八日舉辦，時間上真是巧合。）

19 豐收的一年

民國九十四年（西元二〇〇五），是豐收的一年，自己做了不少事，列舉如下：

1・一月三日、四日中午，應東海大學書法社邀請在紅林餐廳前現場揮毫。

2・一月，編輯《戰後初期臺灣文學與思潮論文集》（文津）出版。

3・三月二十一日，程校長至系上訪評，對本系發展頗為稱許，對過高的師生比提出質疑。

4・四月二十二日，任口試委員，評審葉惠蘭博士論文。

5・四月，《尺牘珍寶》出版（自刊）。

6・五月，通過我提出的三項教學卓越計劃。（文史哲中西文化學術講座，提升文學教育，提升中文計劃等）

7・六月十二日，續被選任臺灣省中國書畫理事。

8・六月十六日，蘇州大學文學院羅院長時進來訪。

9・七月二十日，與長庚大學鮑家駒校長聯絡，邀請葉嘉瑩教授來本校系列演講。

10・七月，出版《隨園詩話》中清代人物索引（文津）。

11・七月，通過聘請台大張亨教授下學期為本系客座教授。

12・八月，出版《山濤集》（聯合文學）。

13・九月二十九日，羅宗濤教授應邀文史哲中西文化講座演講。

14・十月八日南下參加侄兒保利婚宴。

15・十月二十一日平路（香港光華中心主任）蒞校演講。

16・十月二十九日，系友會成立，被推選為會長。

17・十月二十九日至三十日，主持東海中文系五十週年緬懷與傳承學術研討會。

18・十月三十一日、十一月三日、十一月四日，邀請傑出校友周質平三次演講。

19・十一月三日，邀請余光中教授演講「當中文遇見英文」。

20・十一月四日，邀請余光中教授演講（文史哲中西文化學術講座）。

21・十一月十日、十一日、十二日，參加復旦大學邀請與大陸十五所重點系主任談「兩岸中文教育」。

22・十一月十九日、二十日，主持甲骨學國際學術會議。

23・十一月二十三日，邀請北大中文系溫儒敏主任講學，通過系教評會。

24・十一月，《二〇〇四年甲骨學學術研討會論文集》（里仁）出版。

25・十二月七日，邀請梅廣教授談古籍的心得（文史哲中西文化學術講座）。
26・十二月八日，舉辦已故陳問梅教授追思會。
27・十二月七日，系務會議投票通過進修部停招，因為本系師生比實在太高。
28・十二月二十六日、二十七日，書法社邀請我在人文大樓樓下現場揮毫。
29・十二月三十一日參加十二、十三屆校友團圓聚餐。

特別要感謝助教，包括張素華、劉瑞玲、黃淑滿等女士，以及林威宇、楊永智等先生的協助，讓許多行政工作順利進行。

94.12.13

20 聖誕節之一

幾乎每年的聖誕夜，都在招呼學生中渡過。

以前，在東海當學生時，聖誕節晚餐與師長們共渡，感覺很高興，能跟師長們在體育館共進晚餐，是值得記憶。

民國六十二年起，成為東海講師，開始的兩、三年因為沒有分配到宿舍，除了少數比較要好的學生到家裏聊天外，比較不能感受到聖誕氣氛。

後來，分配到宿舍，住在校園，與同學往來互動較多，聖誕節來宿舍「報佳音」的同學越來越多。尤其最近三年，因為兼任系主任，所以同學總是來了一大群，八、九十位學生，擠在狹小的空間，非常熱鬧，比起以前小班制人少，現在總是熱鬧非凡。今年尤其多，約莫一百五十人，看看菁菁學子的面孔，帶著些稚氣，總有說不出的天真。

一年一年，隨著歲月的過往，與學生過著愉快的聖誕節，也是生命的一部分，也高高興興一年一年渡過。

94.12.24

21 聖誕節之二

今早看報，聖誕夜有一、兩萬學生湧進東海籃球場跳舞，真是壯觀。

最近幾年，聖誕夜來東海跳舞的學生很多，總是上萬，以前東海人保守，男女連牽手都很少，現在學生率性，經常在一起歌唱、牽手、跳舞過聖誕夜，更是想當然爾的事。

其實跳舞也不是什麼壞事，自古以來，先民即有跳舞的習俗。早期跳舞或許是為了娛神，以後則自娛、娛人。

不管是何種目的，跳舞使人活絡筋骨，促進交誼，是值得鼓勵的。不過以前學校校規，不許男女生跳舞，所以在我們當學生時代，較少人跳舞，跳社交舞，往往就得偷偷地到山下跳，東海則至少維持表面的平靜。

現在思想開放了，學生行為也開放了，跳舞自然不算一回事。何況現在社會，好像只要學生要求，有什麼不可以，太過於尊重學生的權利，近乎放縱。從長遠的角度看，不知是福，還是禍？

94.12.25

22 記沈謙

昨天看《聯合報》載，說沈謙過世，鄭明娳教授說他是過勞死，也許這個世界，人們忙來忙去，「過勞」是常有的事，「過勞死」自然也容易了解。

和沈謙兄只有幾次會面的情誼，最早是辦《東海文藝》季刊時，曾邀請沈兄演講，後來曾一度兼課空中大學，偶而也會和他碰面，以後國家考試、學術研討會及最近口試，同仁邀沈兄口考，也曾碰面過，忽然看到這則新聞仍是驚訝不已。

沈兄為人直率，態度親和，容易親近，說起話來侃侃而談，可說是出口成章，可惜許多時間花在趕文稿，因此嗚呼，令人扼腕。最後，用陶淵明的〈擬挽詞〉「有生必有死，早終非命促」。以為安慰吧！

95.01.04

23 日月之行

在人文大樓辦公室，看向窗外，燦爛的陽光，照在高高低低的房子、橋樑、公路等，顯得那麼光輝美麗。

台中是盆地，窗外，可以享受近處的樹，與遠處的房子，有如天人的會合，在山林與城市之間。

辦公室坐北朝南，早晨，耀眼的陽光，要看台中市景物較不易，午後，夕陽西斜，經常很清楚的看到台中景物。確有江山如畫之感。

沉浸在如畫的美景，一日復一日，看見太陽月光東西的運行，心中有說不出的快慰。

95.01.05

24 《沃夢詩刊》第三期序

詩，是夢，《沃夢詩刊》，是東海中文系一群愛作夢、做詩的師生的刊物，詩中的點點滴滴，是夢境，也是詩境。

住在大度山，不論天空中的一片雲，一朵花的開與謝，鳥兒的叫聲，同學的悄悄話，以及夜空的星宿、台中市的燈海，都會引起心靈的悸動。何況人與人之間，喜新傷故，悲歡離合等人事變化，迴盪心靈，久久不能忘懷，常常是作詩的好題材。

本來詩人是「不失其赤子之心」，不論童言童語，醉言醉語，狂人狂語，癡人說夢等等，都可以成為好詩。住在山上的同學有這種性情的人好像不少。尤其借助比興、婉轉的烘托出感情，往往令人歎為觀止。

現代詩，在形式上較不受限制，可以自由揮灑。至於古典詩，要依形式格律書寫，剛開始習作，總有些不自在，經過一段時間磨鍊後，就會嫻熟了。由於同學不斷的學習，寫作的技巧慢慢成熟，思想領域也漸漸開闊，境界也跟著有些變化，效果在無形中增長。

《沃夢詩刊》已發行第三期，也就是說已經三年了，人們常說三年有成，看看這本《詩刊》，的確慢慢受到同學的喜愛與讚賞，慢慢地有些名聲，也慢慢地聚集同學們目光的「焦點」，讓作者、讀者、編者三者之間，心情上漸漸熱絡起來。

感謝作者的創作、編者辛勤的編輯，盼望《詩刊》會讓讀者有美好的饗宴，讓東海這個詩的國度能源源不絕。

25 畢業餐會致辭

今年的畢業餐會我很樂意對同學講幾句祝福的話。

首先恭喜各位畢業同學，唸了四或五年的時光終于畢業，在求學期間，不論酸甜苦辣各種滋味嚐盡，才有今天這個成果，所以四、五年的努力換得的成果是不容易的事。

其次我覺得畢業其實是形式的變化而已，從前，諸位也經過幼稚班、小學、國中、高中不同級等的畢業，只是從前的畢業典禮似乎較不易引起心靈的悸動，因為大學畢竟是成人教育，象徵以後能獨立自主，以前各種階段的畢業，也經歷各種形式的銳變一樣，不論任何形式的變化都帶來喜悅，也多少影響本質的變化，換言之，諸位受到東海教育的影響，在本質上注入東海的血液，一生為東海人，將來東海要以諸位為榮，可見經過東海的薰陶，諸位人生的旅途更為光彩。

其次，身份的轉變，東海畢業之後，以前的師生關係轉為學長姐弟妹的關係，關係更為密切，畢業典禮那天（六月十二日）中午我們有系友籌備會，本年十月廿九日有系友成立大會，歡迎諸位返校參加，到時候不論老、中、青系友齊聚一堂，那將是中文系光輝的日子，尤其本年是創校五十週年，諸位應感到慶幸才對。

最後祝福諸位將來有好的事業，好的求學歷程，也許諸位還要考研究所或留學，祝福諸位順利，在祝福的同時，諸位不要忘記建立自己的風格、風範，那就是你成功的時刻，有了自己品牌、風範，才算是真正在事業上成功。最後祝福畢業同學鵬程萬里。

26 歡渡五十年生日　開創千萬年新局

中文系三十七屆畢業系友李騰達，現為香港校友會幹事，負責五十周年校慶紀念特刊專輯編輯，希望我說幾句話，介紹目前學校的情況，讓香港的校友知悉。我非常高興有這個機會，向各位校友、系友報告東海現況。

我知道各位校友畢業、離開大度山後，回到香港，在各行各業中發展，有些已經有些成就，正朝著事業的高峰邁進，當然有些也還需要逐步的努力。也相信大部份的校友，在事業、家庭方面都十分圓滿。

母校這些年來，不論那方面，都有很好的發展，例如在硬體建設方面，先後完成的有綜合教室、大智慧科技大樓、人文大樓、基礎科學大樓等等，逐項完工；目前正在規劃興建的有：音樂系館、管院大樓、綜合活動中心等等。足以說明東海如旭日東昇，朝氣蓬勃的發展。談到研究教學部分，母校許多教師獲得國科會、教育部等單位的研究計劃，今年也獲得教育部教學卓越計畫，名列全國第三。這些老師們努力耕耘的成果。逐次改善研究與教學品質。

以中文系言，今年十月廿九日上午成立系友大會，當天下午及三十日舉辦緬懷與傳承——五十年學術傳承研討會。十一月七日至十一日，有周質平傑出校友演講。十一月十八日、十九日舉辦甲骨文國際學術研討會。從九月底至十二月，分別聘請羅宗濤教授、張亨教授、余光中教授、梅廣教授等為文史哲中西文化講座，此外，尚有提昇文學習作、中文教學改進計畫、教學卓越計畫等正在執行中。系上的老師，依其專長，分成古典文學、近現代文學、語言文字、思想等四大研究群組，希望帶動系上老師與博碩士班的研究風氣。

在全校的各個系所，面對五十年校慶，也都有不同的慶祝方式與努力方向，迎接未來國內外的挑戰，希望能擠身國際一流大學。

諸位遠在香港，大度山的日出日落，花開鳥鳴，美好的回憶依舊；只是在國際競爭劇烈的時代，我們傳承美好的過去，將要開展未來的千萬年基業，在開展未來的過程中，往往需要諸位校友的支持，只要有空，歡迎回來看看昔日師長、同學，甚至一草一木。假使有多餘力量，母校也歡迎諸位精神及金錢的支持，諸位與母校的關係，猶如母子般臍帶相連，一生相繫。

在這個校慶的日子，我們一方面歡渡生日，一方面要結合校友的力量，共同衝破現實的困境，邁向國際一流的大學，這才是我們東海人的目標，東海人的驕傲。

27 五十年校慶誌慶

擬稿以慶賀五十年學校生日

澹澹晴空　東海之東
創校五十　教育大功

大師雲集　講學黌宮
起造文理　繼之商工
農業管理　法學相從
約農校長　創校首功
德耀繼任　今為海東
浩浩蕩蕩　天日運行
皎皎皓月　夜有光明
朝夕澆灌　秋收春栽
鴻儒重望　賢才備該
四合院舍　層層樓臺
含英翠秀　建築疊堆
景色如新　遠近歸來
門出高第　青藍相推
精神信主　涵濡典謨
求真篤信　力行道塗
百年千歲　萬億匡扶

愛我師生　全國齊呼
開天拓地　博采花繁
派宗別紛　醴泉有源
半百肇始　青壯盈門
日增月累　桃李孳蕃
育仁培智　循天法坤
子孫萬世　永蒙澤恩

28 狗年

今年丙戌，生肖值狗。早上看《聯合報》，有黃啟方先生的《狗年話狗》，考據與狗相關事情，十分詳細。

他在文中，引大詩人陸游祖父陸佃所編《埤雅》說：「犬有三種：一者田犬，二者吠犬，三者食犬。」又引李時珍《本草綱目集解》說：「狗類甚多，其用有三：甲犬，長喙善獵；短吠善守；食犬，體肥供饌。」

狗的種類及用途，依現在人看來，恐怕不止如此。尤其目前養寵物風氣盛，「寵物狗」或者「流浪狗」，就沒有被列入，而這兩種狗往往是舉目可見。

黃先生文中又提到「犬子」，原是指小狗還沒長出比較長的細毛，也就是所謂「未成毫」的，再長大才能叫「犬」，介於「小狗」和「大狗」之間，今稱自己小孩為「小犬」，最早使用的是司馬相如的賦。

讀了黃先生這篇「狗話」，頗有趣味，因以為記。

29 春正——夢父親

今天是春正，春節第一天，清晨四點多夢見父親，父親逝世十七年，神色很好。父親在我身邊，好像我準備喬遷到一座高樓，所以他準備一些錢給我，我沒拿，把錢奉還，這麼看來這些年來感謝菩薩、土地公的庇佑（父親生前曾說他是土地公的拜把兄弟），所以氣色好，不像最早夢見父親穿著白色衣服。說夢中的事有些痴，不過卻都是真實的。

醒來，想到今天是春正，約五點多到農牧場走走，繞了一圈，又到校園逛一圈，因為春雨綿綿，感受到雨水滋潤大地的恩澤，草木青青，院子的桂花也開了，昨天新買的報歲蘭，放在庭院中，也正綻放香與美。

隨著年紀的增長，日日在進德修業上努力，倒也值得安慰，感謝上天，感謝學校讓我有服務的機會，至少讓我過著忙碌但快樂、充實的日子。順手寫了一首〈春正〉的詩：

新年逢丙戌，天地展新猷；
春花開朵朵，綠樹盡悠悠。
風暖和滴翠，蓬萊似仙洲。
家家皆富裕，人人住畫樓；
好年許新願，富貴至白頭。

30 陳問梅老師二三事

陳拱一名問梅，浙江溫嶺縣人，民國十四年生，國立師範大學國文系畢業，曾任本校中文系教授兼系主任，著有《撿煤屑的孩子》、《儒墨平議》、《人之本質與真理》、《王充思想評論》、《道德的理想主義闡要》、《老子無與有之解析》、《文心雕龍本義》（上下）等等。

中文系在十月廿九、三十日剛舉辦「緬懷與傳承－東海中文系五十年學術傳承研討會」，以為老師還健壯，所以沒有列入緬懷老師對象，沒想到十一月二日校慶那天過世，令人十分傷感。

陳老師是在我大二時教我「荀子」、大三時教我「中國思想史」課，在老師教導其間，有關先秦哲理、中國思想史，讓我有清楚的認識。

記得在大學選陳老師「荀子」課，他要我們交報告，我很用心寫，發還作業時，陳老師十分贊許。此後，陳老師一直對我很好，在上研究所時，老師就即將完成的《文心雕龍本義》書，特別找我謄稿，我很感謝因為有「工讀費」，讓我減輕一些經濟壓力。

光陰荏苒，在我大學、研究所相繼畢業後，留母校任職，陳老師、師母也都十分照顧，讓我銘記在心。尤其我與內人結婚，是陳師母介紹的，師母的費心，是值得一提的。

老師教學用心，準備教材花費許多功夫，上課專心一意的講解，所以老師的教學很受學生敬重。

老師退休後，住在學校宿舍一段時間，也都在寫著作，而後至美國與兒孫一起住，直至最近，傳來因病逝世，令人有無限的傷感。

（本文曾在陳問梅教授追思會中宣讀）

31 生平略記

本書作者王建生，臺灣屏東縣佳冬鄉石光村人，生於民國三十五年（西元一九四六年）。先君王朝宗，先妣王張清妹，先祖父王丁司，先祖母吳阿綿，先曾祖父王老盛，先曾祖母楊氏阿緞，先遠曾祖父王有掌，先遠曾祖母侯查某。除先妣出生於玉光村外，先世籍貫石光村，遠祖則由林邊移至佳冬石光。不過，昔日石光村舊家，今已變更隸屬玉光村。

原石光村舊家，先祖父定居後，子孫三代同住。先父執兄弟五人，先君子排行第二。舊家宅邊種有芒果、龍眼等果樹，外有圍牆，石灰與大石砌成；部分界地種竹，以為藩籬。四周環境優美，如世外書香。此環境或許影響個人喜好文學的原因。

先世以來，世代務農，生產能力有限，子女眾多，以至家庭經濟窘困，家中除先父母外，有姊二人，兄弟四位，我是長子，因生活貧苦，從小過著「耕」「讀」生活，一面唸書，放假日就得幫忙田中雜事，包括放牛、除草等雜役。生全、儉家等弟也是如此。

小學，就讀玉光國民小學，六年級以全校第四名畢業。後，考入省立（現改為國立）潮州中學。初中畢業後，直升入高中部。高一時潮中熊校長為提升學生錄取大學比例，將直升高中學生與考入省潮中成績優秀者合為一班，延聘良師教學，使得當時學生學習風氣有好的影響。

至於交友方面，小學較要好的同學有：韓明華、曾國康。初高中時，要好的同學有：陳澤祥、李芳春、陳秋坤等。

高中畢業後，考上中原理工學院（今為中原大學）物理系。唸了快一年的物理系，有感於自己不能發揮所長，加上臺大友人陳秋坤、楊振哲等人的勸說，毅然決定休學重考。當時印象最深的是，謝明山校長不肯讓我休學，我站在校長室整整一個上午，快下班了，謝校長才同意我休學。休學後經過三個月的努力終於考取東海大學中國文學系。

就讀東海中文系時謝明山校長轉任到東海擔任新校長，也許我與謝校長真有些緣份。由於就讀中文系是個人的興趣，所以在學業上一帆風順，以最好的成績畢業。畢業論文《說文解字中的古文研究》由江舉謙老師指導。大學畢業後服預備軍官役。正當服役快一個月時，收到母校校友會報考研究所的消息，所以我從花蓮（時服役海軍），乘公路局車，走橫貫公路至臺中，參加學校考試。考入東海中文研究所。由於已服役一個月，乃於次年就讀。也因此第二屆中文研究所畢業。畢業論文為《袁枚的文學批評》，由巴壺天教授指導。研究所畢業成績優秀，蒙蕭繼宗老師拔擢，留校為中文系講師。

二十七歲擔任講師，繼續撰著《鄭板橋研究》、《吳梅村研究》，通過教育部升等，三十六歲為正教授。

以後，繼續研究撰寫《趙甌北研究》、《蔣心餘研究》等書，獲得中正文化獎、國科會甲種獎助等。也獲得多次學校學術著作獎、學術論文獎項。

民國七十年（1981），擔任東海大學《東海文藝》季刊總編輯，前後共經八年，出版三十二期，獲臺灣省政府新聞處優良刊物主編獎。

個人平日教學、研究外，兼有文藝創作。先後出版：《王建生詩文集》、《建生詩稿》初集、《建生文藝散論》、《涌泉集》、《心靈之美》、《山濤集》等書，和這本《山中偶記》，頗多讀者喜愛。文建會列名為中華民國作家。

民國八十年（1991）起，個人參加大專教授聯誼會、臺灣省中國書畫學會，並被聘為顧問、理事等職，每年參與聯展，也參加義賣展，至今日參加國內聯展、義賣展。已有三十餘次。

民國九十二年（2003），被系上同仁選為中文系所主任。就任以來，積極帶領全系師生提升學術。九十四獲得教育部獎助東海大學教學卓越計畫（有三項），使得本系系務，蒸蒸日上。

從民國八十四年（1995）開始收藏金石古文物，所藏有多項珍貴文物，民國九十八年（2009）貓頭鷹出版社出版《金玉古玩入門趣》，是收藏部分文物。

又在民國九十八年（2009）三月開始曾向水墨大師井松嶺先生學習中國山水畫，將近兩年時間，水墨畫技大為進步，而山水畫題詩亦增加甚多。

後續的著作出版，可以參考本書作者著作目錄。

（部分資料後來補充）

94.

32 北京大學中文系學術交流日誌

我在民國九十五年（2006）四月十七日起應邀訪問北京大學，受中文系溫主任款待，包括蔣紹愚、蔣朗朗、羅勇強、盧永璘、楊鑄等教授多次聚會，暢談甚歡。並受聘為「孑民學術論壇」講座發表演講，講題是：乾隆三大家，袁枚、蔣士銓、趙翼。又，於四月廿一日拜會南開大學中文系，受到喬主任以鋼及陳洪副校長（兼文學院、東方文化研究院院長）盛情款待。此外並參觀北京附近多處景點。

四月十七日星期一，早上約三點就醒來，我與內人梳洗準備妥當，五點搭車至統聯客運站轉桃園中正機場，九點飛往澳門，約十一點到達澳門機場，轉搭十二點飛機飛往北京，約下午三點半到達北京機場，溫主任派兩位學生吳燕、鄭偉漢同學接機，晚上溫主任、蔣朗朗教授宴請我們，兩位同學作陪，晚住宿北大之正大國際中心五一二室，室內整潔樸素，與我們東海校友會館相似。

四月十八日星期二，早上至北大勺園的餐廳吃早餐，每人十元人民幣，有中西自助式早餐，像包子、稀飯、炒飯、麵餅、鮮奶、咖啡等很豐富。餐畢遊北大校園，後坐公交車（即我們說的公共汽車）到圓明園、綺春園等地，入口處有鴛鴦，在湖亭展畫處購得鍾馗圖，中午遊西洋樓等地，猶見昔日聯軍摧殘後之景像，令人不甚唏噓。蓮花池附近頗多喜鵲，令人精神振奮，風景美不勝收。下午至清華大學參觀，學校環境美好，學生宿舍林立，儼然是國際大學。晚上，回到北大學生餐廳用餐，餐費便宜，約八元人民幣，生活費低。今天沙塵暴，校內每台車車身都有一層厚厚的沙土。

四月十九日星期三，早上逛北大南閣、北閣、檔案館、外文樓、西校門、及未名湖，而後至東校門後，至方正大廈北京銀行以及中國銀行換鈔，下午至北大圖書館看書，參觀北大研究生論文，與臺灣研究生論文相比較，臺灣似乎水準並不比北大差，因為臺灣博士論文都是厚厚的一本，而相對的北大的博論要薄多了。北大校園有很多喜鵲，體型都很肥，令人驚奇。今天又有沙塵暴。

四月廿日星期四，早上由鄭偉漢同學陪同搭旅遊專車至十三陵參觀定陵，下午到長城遊玩，同行者尚有劉慧（復旦英文系畢）及另一同學，萬里長城氣壯山河，蜿蜒起伏，令人讚歎，劉慧同學心性靈巧，個性開朗。沿途偉漢服務周到，晚上與偉漢逛王府井。

四月廿一日星期五，天氣晴朗，為了體驗一下大陸的交通工具，一大早搭大巴士去天津，一下車直奔南開大學拜訪中文系喬主任，喬主任引薦該校陳洪副校長（兼文學院東方文化研究院院長），請我與內人在學校餐廳吃中餐，大陸餐館的北方菜比臺灣餐廳的北方菜細緻，非常好吃，天津的主食是一種像此地的韭菜盒子，但餡子是雪裏紅及冬粉及一些絞肉，與此地的最大不同是其外皮很薄且很乾，不像此地韭菜盒子皮是濕軟的。下午是搭火車返回北大，晚上我們又去王府井逛逛打算買些伴手禮回臺分送親友，回北大住宿處看到蔣紹愚教授信，邀請我們廿三日晚宴。

四月廿二日星期六，早上到頤和園遊覽一直至下午兩點返回。經過仁壽殿、文昌院、跨過十七孔橋，至凌霄閣、昆明湖風吹來頗有寒意，楊柳絲絲，飛舞空中。晚上溫主任宴請我們夫妻並請偉漢作陪，吃北京名菜，北京烤鴨，真是名不虛傳。溫主任是位溫文儒雅的學者，夫婦和樂融融。

四月廿三日星期日，早上由鄭偉漢、酈健金同學陪同至故宮博物院參觀，中午參觀琉璃廠。晚上蔣紹愚教授宴請吃飯，蔣教授是位諄諄長者，為人樸實敦厚令人敬仰，他要我轉達問候朱岐祥、呂珍玉、甘漢銓等教授。晚九點溫主任來電說我是本學期北大中文系請來演講的講座教授，正式列入紀錄，有機票補助，住宿全免。晚十點盧永璘教授來電約定廿六日下午五點在勺園用餐，預定包括蔣紹愚教授、劉勇強教授、楊鑄教授，還有鄭偉漢同學。

四月廿四日星期一，早上逛未名湖、圖書館，發現北大善本書館藏並不如想像多，總計有四五五萬冊，倒是相當多。下午鄭偉漢同學告知明天演講是「孑民學術論壇」擔任講座，主持人蔣紹愚教授、劉勇強教授。

四月廿五日星期二，早上參觀北大中文系辦公室，晚上演講，大致一切順利。

四月廿六日星期三，準備賦歸。

33 二〇〇六年暑假

暑假由系辦公室搬至研究室，研究室安頓好，好像暑假過得很快，忽而已過了大半。暑假以來不停的耕耘，也做了不少事，包含把《清代詩文理論講稿》請助理修訂整理，完成〈袁蔣趙三家同題詩比較研究〉。預定九月底裱好《消暑小集》（五十小幅山水畫作，分成上下卷，臺中賞心齋裱）。主編《花園莊東地甲骨論叢》七月出版。主編《二〇〇五年中西文化講座專刊》預定九月出版。還有，請同學打字《陶謝詩講稿》，預定九月底初稿可完成。看來這個暑假很充實。

這些年來，由於工作的關係，多少領悟人生的道理，一個人要保持永遠的奮鬥才是對的，學生時代以為讀書做事、大考大玩，小考小玩，仔細思量如此做事往往不能成大功，唯有勤奮工作才能保持「績優」的成就。

未來，還有許多教學卓越計畫的事要做，我會更努力向前，必能逐一完成，且會愈做愈好。

95.8.18

34 生日

今早在系辦信箱收到「東海大學募捐委員會」的生日禮物——原子筆，感謝！

這些年來我擔任「募捐委員會」工作小組成員，已經有八年以上，平常做些募捐文宣，自己身先士卒，除了興建人文藝術中心，有較大款項捐助外，按月扣款一千元，也是行之有年，是對母校一點點的回饋，此外，去年成立系友會，許多系友紛紛解囊捐款，也是功德一件。

今年是我六十足歲生日，六十年來大體說來，天天過著充實得日子，心中充滿感恩。

95.8.31

35 夢蕭老師

清晨，夢見蕭老師，穿著黑色西裝在家中看我的論文，師母也在旁邊，家似乎是我現在住的宿舍。

老師過世已十年了，想：以前著作出版都有老師的封面題簽，而我的著作《心靈之美》中提到老師，《山濤集》也提到老師，還有，老師給我的書信，印成《尺牘珍寶》，讓老師的筆墨長存記憶中。

過去三年當系主任中，師母曾提供獎學金給中文系畢業成績最好的學生，相信中文系同學永遠懷念老師。

在夢中老師西裝筆挺，與生前模樣相同，感覺安慰，感謝上蒼庇佑！

95.9.2

36 陳素貞《北宋文人的飲食書寫——以詩歌為例的考察》序

我在東海大學任教三十餘年，教育東海後起之秀很多。能夠指導像素貞這樣優秀的英才，確實不多見。

民國九十年，素貞要我和中央大學康來新教授聯合指導他的論文，我一口答應了。因為素貞修過我開的課程，知道她的學養深，勤於研究。她原先訂的論文題目是《宋代文人詩歌的飲食書寫》，所用的資料主要是依據北京大學出版的《全宋詩》。

提到「飲食」，人人不同，尤其中國地大，東西南北各有習慣，何況宋代距今約有千年，時間長、範圍廣，而文人如此多，如何瞭解其飲食？開始，素貞花了許多工夫蒐集資料，發現資料太多，要在三四年內完成論文，相當困難，何況她又在中台科技大學任教，還得照顧家中大小。幾經商量，決定放棄「宋代」，專寫「北宋」時期文人的飲食書寫。而「文人書寫」的範圍鎖定在詩歌，這也就是為什麼用《全宋詩》的原因了。

因為素貞碩士班唸的是中央大學，受教於康來新教授。康教授是一位博學多才的教授，所以就論文選題、綱要部分，康教授提供許多很好的意見，今天所看到論文章節是幾經康教授審訂，而我是在詩歌的內容上作參酌。當然，更不可忘記參與的口試委員包括：黃院長啟方（召集人），臺大何主任寄澎，成大張院長高評，逢甲謝主任海平等的熱心指導，在口試時提供了許多寶貴的意見。

這本論文在未口試通過前，即獲得中華飲食文化的「博士論文獎助金暨學術著作出版獎助」，可見這本論文下了許多工夫，並獲得肯定。能夠站在老師的肩膀上，青出於藍，畢竟是我最快樂的事。這大概如孟子所說「君子有三樂」，其中「得天下英才而教育之，三樂也」，「而王天下不與存焉」（《孟子、盡心》）的道理。

看到素貞有這麼好的研究成果，除了替她高興，與她分享，希望她日後將未完成的部分「南宋」詩歌的飲食書寫完成，完成昔日的宿願。那麼素貞的學術生活一定是康莊坦途。

這本優質的學術論文，即將在大安出版社出版，出版前，寫幾句心裡的話，推薦給讀者，讓讀者知道素貞努力的成果，是件快意的事。

95.9

（該書在台北大安出版社出版96.6）

37 六十歲

前天是我六十歲生日，因為生活忙碌，忙著《清代詩文理論講稿》、〈袁蔣趙三家同題詩比較研究〉的校對工作，也忙著教學卓越計畫構思，找不出時間犒賞自己，只好借著這幾行文字，聊表慶賀生日快樂。

現在的人說：「人生七十才開始」，我才六十，應該說人生還沒開始。是否？

95.9.7

38 雜記

前天新上任主任告知助教不能幫忙卓越計畫的行政工作，我很訝異，因為我提出的「提升文史哲素養」三個子計畫主要也是幫助系的，竟然說助教與卓越計畫要切割開來。

沒有助教，卓越計畫如何推動？新上任，不知何以有此舉？

95.9.14

39 教師節

今年教師節收到幾位同學的賀卡、電話，還有少數同學送的月餅禮盒，真是感恩了。從民國六十二年開始整整三十三年都在東海任教，生活十分安定，有時間可以寫些作品，做些研究，生活算是快樂。

剛剛卸下系主任職，還有教學卓越計畫要做，面對學生，似乎更應努力教導他們。

95.9.28

40 再夢蕭老師

今早清晨又夢見老師，穿著紅色外套，師母住院，老師照顧師母，回到家中，看見老師精神很好，只是皮膚不像以前白晰，我帶著食物送去給老師。

老師過世已十年，夢中常出現。追思往昔感觸萬千，也許常回憶大學時代與老師的互動，就常有夢到老師，老師雖已不在，在我心中似乎仍在人間。或許與老師間有特殊的心靈感應，所以常在夢中縈繞。

95.10.4

41 國慶

今年國慶，施明德等與國民黨發動「天下圍攻」陳水扁總統行動，不知以後政局如何，令人憂心。

在過度狂熱的政治氣氛中，最受傷害的是這個國家及人民，也許有一天老百姓覺得不如把國家（臺灣）奉送給外人統治，才能長治久安，消除之間的對立。本來好不容易得來的民主政治，隨之而瓦解。

古人講上樑不正下樑歪，要想執政，不能「清廉」自守，引起百姓怒吼，更不是國家之福。

95.10.10

42 校慶

今天是校慶日，創校第五十一週年，早上參加「荃園落成典禮」，第三屆經濟系校友賈培源先生為愛妻捐建的花園，表達至情至性的夫妻情懷。

學生時代，對於校慶活動，因為忙著讀書，印象比較模糊，現在每年校慶因為都有參與，印象較深，可是「人才」似乎沒有隨著時間增長，有些可惜。

思前想後，慶祝校慶最好的方法，還是不停的耕耘，建立自己專業上的地位才是。

95.11.2

43 藍色小轎車

「藍色小轎車」是我在一九八〇年一月買的，花了新台幣二十六萬左右，到今年有二十六年之久，近乎二十七年高齡，終於功成身退。

從買這輛車到現在一直陪著我東南西北奔馳，雖然很少出遠門，但是依舊是我到哪車就到哪。尤其，它似乎有靈性，車子故障的地方往往在修車廠不遠處，讓我一次次度過難關。有次帶著家人去鹿港玩，就是這種情形。

買車時，已住在東海宿舍，在東海陪我奔馳二十七年，要報廢當然有不捨，眼看它即將身退，不捨之情常在心中縈繞。尤其記憶中，剛買新車時，假日常載著小孩去遊樂園，往來奔馳十分方便。還有小孩下課後載著她們去接老婆下班回家，全家和樂融融。

最近車子停在人文大樓地下室，結果就發動不了，也許真的該退了，後來交給學校司機阿銘代為處理報廢，也算是結束這段車緣。

95.12.7

44 評鑑

最近擔任教育部評鑑委員工作，到各地評鑑各校情形，大致說來，公立學校生師比低，教學品質佳，仍有部分學校生師比偏高，仍須改進，至於各系所特色，配合各系人力，有的已整合，有的系所尚在研究取法之中。學生反映大體都表現優良，對學校向心力強，而系友方面，部分學校因剛改制為大學，尚無系友。

反觀本系上，經過我三年努力，大體已就緒，進修部在民國九十七年也將漸漸走入歷史，降低系上生師比，希望未來東海中文系在學術上，不論國內國外都佔重要一席之地。

95.12.13

45 往花蓮空中鳥瞰

十二月十四日去花蓮教育大學評鑑，乘飛機往花蓮途中，從空中鳥瞰，雲彩變化多端，令人目不暇給。

飛至蘇澳上空，但見有絲絲飛雲，有如巨山站立，又有如黑山，黝黑白絲交錯站立之雲，布滿天空。有時飛機轉身，彩雲在下，讓人看了贊歎，又有時飛機乘空，迷住方向，令人心驚。飛機百轉千迴的在空中穿梭，看看雲的起滅與交織的變化，令人激賞。

到了花蓮，遠看山頭，停駐在山頭的雲依舊令人神往。

95.12.20

46 歲末

一年即將過去，時光像在飛馳。

回憶今年系主任屆滿，卸下重擔，不過仍要忙教學卓越計畫，在今年裱好《消暑小集》畫冊，也編輯出版《花園莊東地甲骨論叢》、《二〇〇五年中西文化講座專刊》，生活過得很充實。

展望明年，必須在原有的基礎上更加努力。

95.12.29

47 九十六年元旦

今天是九十六年元旦，新的一年又開始。

展望未來有很多事要做。早上打電話給北大溫主任，他再次邀我到北大演講，我正在斟酌時間。

今年計畫：

《清代詩文理論研究》即將在二月出版。

《陶謝詩講稿》《韓柳文講稿》正在整理中，準備付印。

也許把〈袁枚趙翼蔣士銓同題詩比較研究〉整理好交付《中文學報》發表。

人事方面只能順其自然。

早上陽光燦爛，大地顯得格外亮麗、美好。

96.1.1.

48 雜記

今天寒流來襲，全台籠罩著陰冷氣候。

收到碩專班徐蘭英同學傳真來的旅遊通知，六月二十一日到大雪山，第一屆中文系友會郊遊。

成立中文系系友會不容易，現在總算系友有個家了，讓在外的系友有個歸宿是件好事。

早上十一點參加「東海校友家庭返校日」，主題為烤肉活動，校友室還提供烤山豬，早期校友如劉漢忠（二屆物理）、劉國鈞（二屆）與夫人、劉益充（三屆政治）與夫婿郭東煥、張天佑（三屆歷史），校友室沈主任、還有許多年輕的小老弟，程校長也來參加，分成約十個小組，大家烤的不亦樂乎，尤其最後有摸彩，小朋友親子活動其樂融融。

49 活在人們心中

讀書，尤其讀古書，大半是活在過去的人中；從事政治、社會活動，活在活人中。活在過去的人中，有不食煙火的感覺，活在現在人中，確有現實的煩惱。

就如朋友多朋友少，各有利弊，朋友多互相幫忙，相對的互相牽扯的力量大；朋友間少了互相幫助，也落得生活平靜。

這些年來因為兼行政得關係，認識的人稍多，覺得兼行政的好處，比較能體驗活在現實人生的好處；以前純讀書，感覺不食人間煙火，有時免不了較孤獨。

96.1.7

50 冬的聯想

冷颼颼的天氣，有冬的味道。

本來綠意盎然，多了些乾枝乾葉，在空中擺盪。四季的運行，到了冬天，似乎枯寂許多。人的一生，像四季的運行，也像植物的生長，要熬過冬季的寒凍，才有春的希望。

細數過去，多少春去春來，冬去冬來，現在又是冬天，有了枯澀的冬，暖和的春陽，正等待著。

96.1.7

51 隨想

今天室外溫度低，全臺籠罩在寒流中。

看看媒體報導，臺灣還有許多窮苦人家，為生活在掙扎著。而有些富人，過著奢靡的生活，日費斗金不足惜。往往可見社會上不少作奸犯科，有的不是為三餐溫飽，而是要滿足更多的慾望，設計強奪。如最近衛豐監守自盜案，轉眼五六千萬捲走到香港、大陸。還有力霸集團，一下子虧空資產，那些小股東不知如何渡日。

也許，這種事情古代有，現在還有，不足為奇，現在說是科學昌明，道德心並未隨著科技進步而上升，甚至反而沉淪，令人遺憾。難道只顧著物質生活的追求，忘記人心、人性的沉淪？

96.1.8

52 和廈大吳在慶詩

頃接吳在慶教授〈臺灣東海大學〉四首詩，依其韻和之如下：

一、

跨海談文本弟兄，文無今古須同盟。
交情何妨今日始，搭此鵲橋兩岸明。

二、

天晴山美遍地情，嚷嚷書聲處處行。
晚唐詩人多寒苦，李杜歐蘇不同聲。

三、

歷數前人詩苦吟，不如蘇軾轉天心。

何必苦中頻作樂，隨境賦形且酌斟。

四、

梅開高處動人心，贏取兩岸一同吟。

風義相投同今古，與君相約情意深。

96.1.8

53 幸運

人的一生中，窮其畢生在奮鬥，成就大者，在事業與生活中努力，開創未來世界，成就小者，在追求個人溫飽而奔忙。

不管怎樣忙碌，怎麼努力，成就一番輝煌事業，總是要有些幸運，即如俗語所說的，

「九十九分努力，一分的靈感（或幸運）」，或者說：「七分努力，三分運氣。」努力夠了，最後期待的事奇蹟出現，即所謂「幸運」。

也許，一個天生幸運的人，像趙甌北說的：「一半靠順水，一半有逆風。」，或者「一半是順風，一半是逆水」，使自己體會努力的代價，不全然是一帆風順，順風又順水，因為太過於幸運的人，往往對於容易獲得的果實不知珍惜。很快就喪失的。相反的，一半靠努力，一半靠幸運的人比較珍惜得來的成果。

人生中，在事業上會有順境、逆境，在逆境時如何對自己有信心，再加上努力，再加上幸運，將可帶來可觀的成就。

96.1.9

54 我的大學時代

我由物理系考入文科大約花了三個多月的時間，考上東海大學中文系，我原來唸物理系。後來選擇重考，是因為文科對我而言更具潛力。

坐公路局車子進入東海大學，第一位認識的朋友是林進家，他唸的是物理系，跟我以前唸的系相同，從臺中車站聊到學校，便成第一位認識的朋友。以後因為上課、基本勞作、住校種種關係認識更多新朋友。目前在本校歷史系任教的陳錦忠教授、視聽中心林宗貴主任、故社會系主任林松齡教授都是曾我大學時代的室友。

那年中文系錄取的學生二十位，升大二時，因部分同學轉系，所以第一次招轉學生，二年級同學變成二十二位。

大一時，國文是必修課，由系主任江舉謙老師擔任，江老師為人嚴肅，不過教學是井井有條，當時因為班上人少，所以和歷史系同學合上，約有三十餘人，前任國史館長張炎憲是歷史系同學，當時也和我同班上課。大一另一必修課是「國學導讀」，由梁容若老師授課，梁老師學問深博，涉獵甚多，課程內容十分充實。至於選課，是「論孟」，由徐復觀老師授課，徐老師學問精深博大，精神飽滿，上課總是侃侃而談，隨口說來往往能翻陳出新，標榜春秋大義，令人印象深刻。徐老師因為到香港研究關係，下學期「孟子」課由蔡仁厚老師擔任，蔡老師十分用功，在當時是年輕學者。「書法」課也是選修，由朱雲老師擔任，朱老師教學認真，愛護學生，很受學生尊敬。

至於英文，是「能力分班」，東海大學入學後，在外文系舉行測驗，依照學生英語能力分組上課，是小班制，這種小班制到目前仍持續著，是東海一大特色。教我的外籍老師是Miss Dart，教學認真。

大二，必修課「文字學」由江老師擔任，江老師對於文字學頗下功夫，他在解說文字時除了說解六書（象形、指事……）外，文字方面總是由甲骨、金文、篆、隸等字形變化，整理得有條有理，讓學生很容易領悟。另一必修「中國文學史」是梁容若老師擔任，由古至近，先就先秦時代說起，（後來聽前屆學長講，老師最早講文學史是由近而遠，跟教我們時不同。）梁老師上課雖不是那麼生動，可是學問淵博，旁徵博引，上課用的教材是劉大杰的《中國文學發達史》，不過，老師補充的材料相當多。

大二另門必修課是「歷代文選」，由孫克寬老師任教，孫老師勤勉好學，至老不衰，因為當年我在圖書館工讀，常看到孫老師到圖書館讀書，一待就是一個上午或下午，的確非常用功。孫老師上課十分用心，不過有時講話如神仙飄渺，行蹤不定，聽講的同學如墜入霧中，迷迷糊糊，不知所云。老師個性率真，受學生歡迎，晚年研究元代文化相關議題，頗受重視。

大二選修課由高葆光老師開的「墨子」、「左傳」及陳問梅老師開的「荀子」等課，高老師教學認真，為人和藹可親，所以學生喜歡上他的課，講課內容條理明晰，富於理則，令學生喜愛。陳老師上「荀子」課也是十分用心，競競業業令人敬佩。課後陳老師喜歡與同學討論，偶爾我也拜訪老師向他求教。

大二另一選修課為「各體文習作」，是蕭繼宗老師開的，蕭老師瀟灑自然，行止坐臥，有如仙風道骨，令人仰慕不已，老師上課十分用心，幽默風趣，他的課座無虛席。

大三必修課「歷代文選」、「詩選」，都是由孫克寬老師擔任，孫老師上課用心，「詩選」課用老師編選的《分體詩選》，學生受益良多。

大三「聲韻學」是方師鐸老師開的，方老師一口北平音，字正腔圓，說起話來有如珠玉落盤。「聲韻學」對學生是一門頭疼的課，因為要研究上古、中古、近代各時代音韻變化，頗為不易。考試時很多同學往往過不了關，被當。另一必修課為「中國思想史」，本是徐復觀老師開，我們那年由陳問梅老師接任，陳老師講述思想史也是條理細密。

大三的選修課有徐復觀老師的「史記」、「文心雕龍」課，徐老師博學多才，所以講起「史記」、「文心雕龍」內容，總是滔滔不絕，意氣風發。選修的學生多，旁及外系。選修課另有高葆光老師的「詩經」，老師著有《詩經新評價》，內容十分精彩。另有江舉謙老師開的「說文解字研究」，屬文字方面研究，修習學生較少。江老師用的教材是他的大作《說文解字綜合研究》。

大四必修課「詞曲選」，由蕭繼宗老師擔任，蕭老師也是詞曲專家，上起課來如數家珍，學生聽來津津有味。選修課是畢業論文，大四時寫學士論文，大家忙得不亦樂乎！分別由不同領域老師指導學生，學生受益匪淺。

以上就我所記得，把大學時唸中文系概況略作說明。

課外，印象比較深的是基本勞作和工讀，因為基本勞作，使同學更愛護學校、友誼同學，因為工讀，更能學習自立。

活動方面，學生時代印象最深的應當是聖誕節晚宴，因為聖誕節那天晚上，全校約八百名師生在體育館會餐，不論老師、學生穿得很整齊，分別在樓上樓下一起聚餐，像一個大家庭，其樂融融。

至於研究所時印象較深的是巴壺天老師的課，巴老師是詩學、禪學、哲學專家，聽他的課感覺深入淺出，收獲甚多，尤其後來由巴老師指導論文，經老師指點學術上頗多精進。而蕭繼宗老師的「古文義法」課，剖析古文奧密收獲亦豐。也選修吳璵老師的「古文字研究」，和彭國棟老師「群經大義」，受益亦多。

大學畢業寫學士論文《說文解字中古文的研究》，由江舉謙老師指導，受益良多。碩士班畢業論文由巴壺天老師指導撰寫《袁枚的文學批評》，增訂修改後由聖環圖書公司出版，據說有大學用此為教材。

55 暖暖冬陽

在寒冷冬中，今天算是暖和的，因為寒流剛過，暖暖冬陽照遍大地。

就在SS212教室監考「楚辭」，看見外面陽光灑在右邊的相思林，像一副「冬陽照林圖」。林子，陰陽各約佔一半，不過，空曠區被陽光佔滿，左面是圖書館，橘紅色的屋瓦，下面玻璃櫃與水泥框架相互承續著，頂起了大樓，強烈的光線，整棟正被覆蓋。

同是周遭的景物，陰與陽天，變換著四季。水泥版除了光線明暗外，不會作其它的更換，只有右邊的相思林，除了明暗外，草木的青綠與榮枯，葉子在風中擺動，花開花謝，都會引人不同的感觸，因為它是有生命的，像人的生命一樣。相思樹在四月開小黃花，花雖小，卻是繽紛，花季一望無盡的黃色花海，好像鑲金的樹林掛在半天空，似人間的富與貴。

冬季，寒風蕭瑟，令人畏縮，今日不同於往昔，天空放晴，冬陽照在每株小草、小樹、大樹，或來來往往的人身上，是無限的暖意。

96.1.13

56 聽俞懿嫻教授演講

昨晚聽哲學系俞懿嫻教授「大眾哲學講座」。講題：孔子（B.C.551~B.C.479）哲學的時代意義」。內容包括：一、中國的孔子、亞洲的孔子與世人的孔子，二、孔子的真相，三、孔子哲學要旨，四、孔子哲學與我們時代。

其中第三點，孔子哲學要旨，認為孔子：「朝聞道，夕死可矣。」又說：「志於道，據於德」，可知孔子重「道」的精神。並以《繫辭傳》：「形而上者謂之道，形而下者謂之器。」認為道是抽象、普遍、永恆、精神性的價值。即所謂「天道」，也包括「人道」的忠恕、仁愛、信義、……等德目。也包括仁民愛民、禮樂、之教的「德治」和「政道」（施政之道）。講述孔子之道，十分精彩。

孔子之道傳之久遠，可惜，近來談論者少。尤其目前社會又有「去中國化」的隱憂，令人憂心中國文化的存亡，也令人感慨社會道德的淪喪。

目前，只有教育圈子，還存著一點文化的光環，假使學校都喪失文化教育，未來國家社會前程可想而知。

96.1.13

57 記夢

今天清晨夢見父親，依稀的來到家中，紅光滿面的，態度也和藹。我在夢境中，原本在外面庭院幹活，整理庭院，還有觀賞許多貴重的玉石，及放在架子上的金龍，因小孩召喚我進屋子，才看見父親。

也許父親近日身心都好，顯現健康氣色，也感謝上蒼的保佑，父親在另一世界有健康的身體。

對父母親養育之恩，刻骨銘心，永遠忘不了，從小家庭環境不好，都是靠父母親勞力所得養育我們姊弟，隨著年紀的增長，感恩之心與日俱增。

96.1.18

58 大雪山一日遊——中文系系友會紀實

元月二十一日，我帶領中文系友會的系友、家眷、東海同事、以及空大教職員工一起登大雪山旅遊。因徐蘭英女士兼職空大，所以也邀請空大教職員工。

七點四十五分，由蘭英租遠通遊覽車二輛，東海師生乘坐一輛，空大的家眷一輛。在校門口集合、出發，東海系友方面，除了我與內人外，尚有林威宇、廖秀春、徐蘭英，及其夫婿。還有博士生黃國禎及夫人、三歲小女。尚有東海同事李玉綏前館長、施麗珠等。阮桃園老師因怕暈車，與夫婿、家人開車自行前往。另一輛則全數是空大社工系及指導中心的人員。二車四十人浩浩蕩蕩直奔大雪山。

我們車子經過東勢，後在山間徘徊，穿梭在山林中，後在「出雲亭」稍作休息。出雲亭望著遠處山峰，雲在山巒間，但見長雲浩渺，在山中緩緩涌動，是一幅動態山水畫。很多遊客拍了許多照片，李館長拍了好幾張山雲相依照片，真是美不勝收。

接著，車子在起伏山巒間行走，重重疊疊的山嶺，左彎右拐的山路，經鳶嘴、收費站、至鞍馬山莊。在鞍馬山莊下車，有位陳解說員沿路為我們解說大雪山生態種種，也當嚮導，一行人相攜相伴跟隨，往神木步行。山路曲曲折折、很窄，空氣清新，在大雪山崎嶇的山林道路上，大家邊走邊聊，很愉快的享受森林浴。約莫走了快一個鐘頭，到達神木，大夥在此照相。而後路上，沿途景物美麗，邊走邊照相，但見山在朦朧雲間，山雲相戀相抱，有說不出的美好，是自然的水墨畫。接著，穿過葉片的小雨，灑落在身上，大夥穿著雨衣，撐著雨傘，漫步在林蔭小道，也是初次體驗。到達餐廳已經十二點，大夥也就上桌吃飯了。大概攀爬許久，肚子早已饑餓不堪，只覺桌上飯香菜好。隨後，阮桃園老師一家五口也趕來，大家吃著快樂的午餐。

十二點四十五，大家漸次回到停車場，登車往大雪山天池，到達該處停車場後，天空飄著細雨，大夥穿著雨衣，撐著傘，漫步在往天池路上，在幽靜的林中，嗅出一股的芬芳。

到達天池，剛好雲霧迷濛，看不清天池的邊際，所以我告訴同行者，這是一個名符其實的天池，因為看不見邊際，無止無境，那種無止無境的感覺，不就是天池？確實令人無法想像的美。回到停車場，大夥又拍了團體照，大家歡歡欣欣，充滿著喜樂。

回程中，我們的車上有多人唱歌，最令我印象深刻是威宇唱歌，音色美，節奏分明，咬字清晰，與歌星唱歌沒有不同，以前相處這麼久，居然不知威宇的好歌喉，實在有些歉意。

最後參觀的一站是劉家在石岡客家文物展覽，展示劉家祖先先後有五位貢元，在清朝時期，小小的村子裏，有這麼光輝的書香，確實是件大事。看看客家胼手胝足的創業，足為後世子孫典範。

隨後乘著車子，回到各自的家，結束了一天行程。

96.1.22

59 雨的聯想

外邊絲絲細雨，滴在研究室外頭陽台，激起串串的水花。似乎也勾起許多聯想。

歲月在忙碌中流逝，一日復一日，一年又一年，欣慰的這些年來除了研究，就是教學和服務，總算日子沒有白過，一點一滴，都在辛苦耕耘中渡過。

只有幼年時，家境貧困，使我過著孤獨、苦悶的日子。也好，有了以前不愉快的日子，日後在求學的道途上，更加的堅強、更加努力，也更加快樂。

陽台前的水花，跟小時候看的水花相似，不同的是，中間隔著很長的歲月。

96.1.27

60 剪樹

今天向學校申請修剪院子內外的樹，約莫下午三點半，事務組的幾位組員到我家修修剪剪，原先過於茂密的樹轉眼之間煥然一新。

樹與樹間錯落有致，光線從葉間、枝幹散射下來，光線變的充足。空氣也暢通起來。到了晚上，四面照來的路燈，也顯得光亮美麗。

從搬到四十八號住，沒有好好修剪枝幹、樹枝，今天修剪的很好，讓周遭顯得舒服多了。

96.1.31

61 夢見方老師

昨晚夢見方老師，方老師穿著好看，最後還與方老師擁抱，知道他要離開，眼眶還有點眼淚。

其實，我是很少夢見方老師的，今天清晨夢見，有些意外，想起老師在的時候，對我也很照顧，現在夢見真有些感傷。

方老師學問很好，尤其語言、詞彙方面，有特別的成就。對待學生也很懇切，每次到方老師家，老師及師母總是如親人般的招呼著，歲月的流逝，方老師的身影很清晰的浮現在腦海。

以前念研究所時，曾經幫方老師整理過有關詞彙方面的書，每次到中午時，師母總要我留在方老師家中吃飯，師母常夾雞腿給我吃，每每想起當時情景，讓我無盡的懷念。

96.2.7

62 丁亥年談豬

過幾天就是春節了，今年正逢丁亥，生肖屬豬。

豬屬亥，位北，色黑，主水。這是古人賦予豬這個形象的一些符號意義。雲南民間傳說，太陽每年三月間騎著豬在天上經過，豬走的慢而偏北，因此夏天氣溫高而白晝長。到了八月太陽改騎馬在天上經過，馬走得快而偏南，因此冬天太陽日照短，氣溫低（參王紅旗〈神秘的星宿文化和遊戲〉，引自吳裕成《生肖與中國文化》人民出版社）。

家字从宀从豕，言無豕不成家，豕代表財產，家的涵意指「居住在公共房屋裏，有共同財產的一個血緣團體。」

家之外，豕字，據王人湘〈新石器時代葬豬的宗教意義〉以為，豬在商代被大量的用于祀典，用於平民祭祖宗——家祭，家祭即以豕為之，陳豕於室，合家而祀，這正是家字的本意。

豬與水，自古是一個相關連的話題，在《詩、漸漸之石》（《毛詩》卷十五）有「有豕白蹢，豕涉波矣。」（蹢，蹄。言久雨則豕進涉水波漣）在《易經・說卦》有：「坎為豕，坎性趨下，豕能俯其首，又喜卑穢，亦水畜也，故坎為豕。」豬可游水，又喜泥水，所以古人認為豬是屬水的牲畜。二十星宿室宿為豬、壁宿為玄武危宿之末宿，亥與室宿、壁宿方位都在北，離在南、坎在北、水、坎、豬有共同方位感。豬屬水，商代玉器，如殷商好墓出土的「豬首屈體龍」，保留豬頭，帶有豬紋色彩。

96.2.13

63 曾文正公八本堂

我讀到「曾文正公本堂」是說：

1・讀書以通訓詁為本。
2・詩文以諧聲調為本。
3・事親以得歡心為本。
4・養親以不惱怒為本。

5・立身以不妄語為本。
6・居家以不晏起為本。
7・作官以不要錢為本。
8・行軍以不擾民為本。

曾國藩一生行事有如聖人，是國學大師，是文學家，也是軍事家，率領軍隊，打敗了太平天國，中興清朝。從他的「八本堂」看來，讀書用心，事親盡孝，立身有則，居家有本，作官清廉，行軍愛民，以今日看來，還是位聖賢。他也曾經說「不為聖賢便為禽獸」，可見他立身之高。

反觀今日，爾虞我詐，令人寒心；殺燒搶奪，令人驚心；報紙刊載的要不是身上多少行頭？就是值多少錢的豪門貴婦，令一般人看了為之酸鼻。杜甫詩所謂：「朱門酒肉臭，路有凍死骨」，貧富懸殊，今天還是存在。有了錢，往往揮金如土，沒了錢，三餐不繼。社會很現實，窮人與富人之間難有平衡點。

雖然，今日不敢奢望像「曾文正公」輩人，能有淡泊生活、安貧樂道；或者富而好禮的人也都相當不易。年輕的一代，只想以捷徑致富，為達到追求名利的目的不擇手段，對未來的國家社會，真是隱憂。

64 聽藍云教授演講

今天下午聽藍云教授演講，他是上海華東師範學校畢業，任教於美國德州科技大學，屬教育部門。

他的講題是如何激發學生學習的興趣，他認為激發學生學習興趣的動機根本方法在於讓學生有意義的學習，所謂有意義的學習，就是培養自覺自發的學生，也就是培養自我調控的學習者，一旦學生學會了自我調控，他們對於學習目標、內容、方法以及學習效果、資源，都不再依賴外界因素。

其次，要激勵同學的學習，須傳授學習的技能技巧，有效的學習技巧，即「學習技巧教學」，讓學生在學習上減少學習的障礙。

想起古代中國的教學，所謂學，覺也，要喚起學者求知慾的心，覺悟到自己知識的不足，渴求求知，與外國人求之於上帝，求之於自然的科學思維有些不同。也許，「學者，覺也」更能符合心裏層面的求知。

96.3.5

65 聽蔡仁厚老師演講

今天下午在H321教室聽蔡仁厚老師演講，主題是：儒家人文教育的回思與展望。

首先，蔡老師認為西方的教育側重自然、知識的學問、科技教育；而東方的教育重在「人」、生命的學問、人文教育。

蔡老師以歷史的發展，說到：（一）孔子以「詩、書、禮、樂教人」，（二）曾子以三省吾身、守約、易簀（心是理、理是心）、誠意、慎獨來解說。（三）孟子則「教以人倫、中之以考弟之義」。到了漢朝，（四）漢儒「士先器識，而後文藝」，有器量、知人論世（名士、英雄、豪傑、聖賢）。以後，（五）宋儒，師道與聖道合一，教統與道統相合。周濂溪《通書》有所謂：「士希賢、賢希聖、聖希天」，即師道與聖道合一，人德與天德合一的說法。

最後，蔡老師，把「人」與「人文」內涵的新解，包括：「個體人」、「家庭人」、「社會人」、「政治人」、「國家人」、「世界人」、「宇宙人」、「歷史人」、「學術人」、「藝術人」、「企業人」、「時代人」、「民主人」、「科技人」、「俠義人」、「隱逸人」來詮釋現代人。

蔡老師學問精深閎遠，說起儒家傳承，娓娓道來，自成篇章，令人佩服。

96.3.10

66 聽周聯華牧師演講

昨天（四月十六日）聽周聯華院長（香港浸信學院）演講，他是以前東海董事長，對東海貢獻甚多。他的講題是：「基督教師神學需要本色化嗎？」所謂本色神學，是說基督教要在當地生根，需要該地的本色神學。他又說到，中國教會蒙受的教難，包括：

1・一六一六年的南京教案。

2・一六五九年的欽天監教案，由北京欽天監陽光先發動。

3・一九〇〇年的義和團之亂，由剛毅、毓賢發動，鬧得不可收拾。

4・一九二二年的反基督教同盟，一群北京的學生主動，後來教授也參加。所謂六君子都在裡面：陳獨秀、錢玄同、沈尹默、劉復、胡適、周作人。

5・一九六六－一九七六年文革。

這幾項，都造成基督教的災難。

周牧師也提到，要向華人本色神學邁進，包括：1•促進合一運動。2•包容、和好。3•高道德標準。4•愛與關懷。5•敬業和僕人。6•慶祝活動。7•長者風範。從這些觀點看來，本色神學的內涵是十分可取的。

在結論部分，周牧師提到，從事本色神學的學者，先要熟諳一般神學，也就是西方神學；同時也要真正了解本地的文化，習俗和思想。不然，本色神學會變得非牛非馬的「四不像」了。

能聆聽長者的演講，增長見識，實為一份福份。

不過從另一角度來看，如果只顧守住基督教，排斥其他宗教，如儒、釋、道、回教等，甚至排斥無宗教信仰者，也不是人間福份。各種宗教在社會上，都應該受到尊重，否則只能帶來人間災難。

96.4.17

67 雜記

今天看錢鍾書《管錐篇》第二冊，中有前日所放書籤，書籤有昔日雜記陳宏謀所言：

是非度之於己，
毀譽聽之於人，
得失安之於數。

（《清史稿》卷三〇七，列傳九四，本傳頁10563）

為智者之言，故特以記之。

96.4.20

68 聽曾志朗院士演講

今天聽曾院士演講，講題是「文明在科學的創意中邁進」（東海講座），第一次聽他專題演講，內容十分充實。主要是曾院士，不論語言、心理、科學、資訊，都有相當豐富的知識，所以說起話來滔滔不絕。

演講中，他曾提到有人將魚作實驗，認為魚有邏輯（logic）推理能力，還說，以後設計的車子，開車者可以與車對話，還有臺灣學生自殺年齡層的下降，令人耽心。

演講完畢，我曾向院士請教，是否其他飛禽走獸也作邏輯推理研究，他說有。看樣子，這個世界的科學研究很豐富。

96.4.20

69 讀錢鍾書《管錐篇》

讀《管錐篇》至第二冊，頁七〇六，鍾書先生引：《大般涅槃經、菩薩品》第一六：「譬如金剛，無能壞者，悉能破壞一切諸物，惟除龜甲及白羊角」；《全唐文》卷九〇四惠能《金剛般若波羅蜜經、序》：「金剛喻佛性，羚羊角喻煩惱。金剛雖堅，羚羊角能碎；佛性雖堅，煩惱能亂。」換言之，煩惱能毀壞金剛、佛性，不可不慎。

見錢先生之博學。

70 有幾分自信

有幾分自信
心裏充滿著勇力
看看前方

看看未來
總是一片燦爛

有幾分自信
內心
不用緊張
憂鬱與愁悵
信實的心
未來更加輝煌

有幾分自信
太陽、月亮、星星
不論黑夜與白晝
更加明亮
青山常青
流水悠悠

走在青青草原
大地永遠是春的模樣

71 過生日

今天是我滿六十一歲的生日，回想過去的一年也很努力。像平常一樣重視教學與研究，也輔導中文系二A的學生。

出版的有《清代詩文理論研究》，裝裱的有《消暑小集》（水墨畫）、學報有〈從《興懷集》、《獨往集》看蕭繼宗先生人格思想〉，水墨畫也有收在出版的《作品集》。已完成打字稿的有《陶謝詩選評注》、《韓柳文選評注》、《歐蘇文選評注》，將陸續出版。

開學以後，將請張若瑜同學打字《蕭繼宗先生研究》稿，也許二、三年後亦可望出版。

72 師恩

蔣經國曾經說過：「做父母的愛護兒女，是從來不想報酬的，因為這是父母們的天性；但是做兒女的，卻不可有一時一刻忘掉父母的養育之恩，以圖報德，因為這是兒女們的天職。」（〈投宿在一個沒有地名的地方〉）

老師，猶如親人般。這些年來，對於東海的老師，極盡回報之力，也算是感恩了。在我的出版的集子中，不少提到大學時代的老師，至於中學、小學老師，同樣有深的感受。只是對老師們的記憶較淺，寫的較少。

高中時老師印象較深的是教數學的曾東賢先生，和教國文的王泛洋先生。初中時老師印象是較深的是教國文的楚同先生。

曾東賢老師，教數學教的很好，教導我們資優高中班（鄉下學校，把直升生以及考入前幾名學生編在一班組成資優班），除了解答數學問題有條有理外，教學認真，不苟言笑，讓同學有敬畏之心。

王泛洋老師，教高一國文，他對我思考領域的擴大有深的影響，他教我讀熊十力的《新唯識論》，讀《梁啟超文集》、《胡適文存》和柏楊各種散文集，如《高山滾谷集》《聖人集》……。在文學思潮開拓甚多。

初中時，國文楚同老師教導我做人處事，要學良賈，做事不可過於炫耀，至今仍銘記在心。

96.9.8

73 《多元與精深——東海中文系五十年學術傳承》前言

東海大學於西元一九五五年創校，中國文學系也是當時成立的。創校時所聘教授，皆國內外一時之選。尤其中文系教師，包括：方師鐸、牟宗三、江舉謙、徐復觀、孫克寬、梁容若、高葆光、戴君仁、蕭繼宗（按姓氏筆劃排列），可說是當時菁英。戴君仁先生是創系主任，開創中文系的新局面。一九七〇年，蕭繼宗先生創立中國文學研究所碩士班，聘任趙滋蕃、巴壺天等教授任教東海。一九八九年，楊承祖先生任職中研所時，成立博士班，包括：李田意、李孝定、周法高等教授相繼應聘至系上任教。五十年來，師長們的研究精神、治學方法、學術思想風範，在東海奠定好的典範，也成為今後學生學術傳承的依據。

今年（西元2005），正逢東海五十週年校慶，也是本系五十週年系慶，為迎接五十週年雙慶的日子，系上同仁，先籌組成立「緬懷與傳承——東海中文系五十年學術傳承研討會」，由我擔任召集人，包括：吳福助、鍾慧玲、張端穗、許建崑等教授組成。開會決定在本年十月廿九、三十日在本校茂榜廳舉辦學術傳承研討會。

緬懷與傳承學術研討會，在於緬懷早期師長作育英才與學術貢獻。也特別邀請劉述先、蔡仁厚、王天昌等先進教授，梅廣、洪銘水等早期系友，任教美國普林斯頓大學周質平教授、任職於中研院陳昭容博士，系上同仁有：張端穗、許建崑、周芬伶、呂珍玉等教授，還有熱心教學與服務的鍾慧玲教授，以及仰慕早期師長的學者們，邀約撰寫早期師長在學術思想與學術傳承方面相關論述。

學術傳承研討會，謝謝參與的師長、同學、以及工作同仁、工讀生的協助，使得大會圓滿結束。後，又經籌備審查委員開審查論文會議，作為會議集結。由於篇幅的關係，省去部分稿件，雖然有些不捨，不過師長們多元與精深的學術成就，與誨人不倦的教學精神，可長留天地。書中大部分稿件，已投稿刊載於《東海中文學報》第十八期，或其他學術性刊物。不過本論文集重點在於「緬懷與傳承」，紀念早期中文系師長，所以收集與會學者作品出版，作為薪火相傳。

最後，感謝教育部‧東海大學研發處的贊助，個人也盡了些棉薄之力贊助會議及出版，使我們研討會的作品有機會出版。謝謝文津出版社協助，讓我們的「中華文化與文學學術研討系列」，能一集一集的問世。

96.

74 考試即景

考試即景一

人人皆埋頭　心中似有愁
握筆不停寫　傾瀉耳能熟

考試即景二

心中能記誦　忽斷不復連
仰頭考官望　魂魄似未還

考試即景三

天冷手猶凍　書寫心且寒
夜深猶苦讀　作答覺艱難

考試即景四

樹上白頭翁　地面落葉紅
落筆不知寫　戶外景物工

考試即景五

喝畢半杯奶　步履常匆匆
教室人都滿　只有前排空

附記：此為期中考試監考時作。

96.11.22

75 戊子年春正

（一）

陰陰雨雨晨，吉日喜春神；
戊子今天起，風調雨順人。

（二）

忽陰卻雨晨，斗柄寅回春；
戊子龍雲沛，調和大地人。

（三）

芝蘭玉樹新正好，蒼生雨潤年年新。

97.2

76 中文系友會新會長

昨（十七日）晚系友會聚餐，參加的有：吳福助、劉榮賢、李金星、呂珍玉、藍日昌、李森隆、蔡振章、徐蘭英、另一位碩專班生、林威宇、沈志方和我共十二人在福科路「客家小館」，除了聯誼，也選出下屆新會長－劉榮賢學弟，很高興將棒子交出去，讓系友會可以傳承下去。

96.12.15

77 梅校長可望博士九十壽辰

前天晚上參加校友們為梅校長舉辦的壽誕，看見校長如此硬朗，精神愉悅，成就如此之高，兒孫滿堂，自號「十樂老人」，當之無愧，另人稱羨。

一個人在社會上無論做什麼事都要認真負責，要積極進取，梅校長是一位典範，梅校長在民國六十七年（1978）接掌東海校長時，東海可說漸入衰微，他想盡各種辦法讓東海重新站穩，是東海的恩人，令人讚揚。

我的雙親如仍健在，也已九十出頭了，沒有太長的時間讓我報答養育之恩。心中總覺有些遺憾。尤其常常想到父親一生農事操勞，卻沒有好好的享福，心中有無比的難過。

78 悼念林瑋德同學

物有榮枯，人有死生。萬物的生命，不論如何，都有一定的過程，由初生、生長、茁壯、衰老，乃至於死亡，都有一定的程序。有短有長，無足為奇。

可惜的是瑋德同學才二十歲，忽然離去，令人百般無奈與悲慟。正如雹碎春紅，霜凋夏綠。因為他的離去、是突發的、是意外的，駕砂石車司機煞車不及追撞，發生重大車禍而離去，瑋德母親傷重死亡，瑋德經急救亦宣告不治，林父及其女亦在長庚急救。好好的出遊，竟釀成家庭的大悲劇，天理天道迷迷冥冥，無可預知。

瑋德喜好讀書，他原本考入東海社會系，興趣關係，二年級轉入中文系，如其所願。本學期導生約談時，他告訴我他畢業後繼續升學的想法，甚且要到大陸唸研究所，因為林父常常在大陸經商，了解大陸狀況，所以畢業後前往就讀，將來也可能在大陸教書，當時我聽了他的話有些訝異，經他解說，我才放下心來。跟他親切的交談，知道他的心聲，知道他人生目標。在今天看來，瑋德的人生目標何其渺茫！何其遙遠！難道這是天道？

逝者逝矣，悲者悲矣，人生的悲歡離合，不過如夢如幻如泡影。瑋德與家人的受難，在每位同學、或者他的親友、老師、或者社會有良知的人，莫不悲慟其逝世，而痛恨砂石車的肇事，社會也許還有類似砂石車司機的行為，開車亂撞，製造交通事件，製造社會不安，所以呼籲社會上的人，人人能找回本心，認真自己的工作，不再因為自己工作上的疏忽，傷害別人，甚至殘害別人生命！別人受傷害，別人的死亡難道可以用金錢來彌補？用一句道歉可以完結？

瑋德同學雖只二十年華，卻與世俗的塵緣已滿，走入其他不可知的世界，我與班上的同學虔誠祝福他與他的家人，往生的路上好走，經過了這樣的劫難，自己受到的犧牲，只希望能挽回多少昧於良知的人，好好找回良知，讓這個社會更加和諧與美滿，這也算是替受難的人討回一些公道。那麼瑋德與家人的犧牲便是菩薩的行為，走上菩薩道，一定會受到天神的保佑。

97.05.

79 古典詩創講話

對於古典詩創我提出一些看法，讓同學較容易學習。包括：

一、須有意象

有鮮明的意象能成為好詩，古來好詩亦多鮮明意象。

如：**南朝民歌〈大子夜歌〉**二首之一：

歌謠數百種，子夜最可憐。
慷慨吐清音，明轉出天然。

〈子夜變歌〉三首之一：

人傳歡負情，我自未嘗見。
三更開門去，始知子夜變。

又如：**南朝謝朓〈玉階怨〉**

夕殿下珠簾，流螢飛復息。
長夜縫羅衣，思君此何極。

謝朓〈王孫遊〉：

綠草蔓如絲，雜樹紅英發。
無論君不歸，君歸芳已歇。

個人也寫了幾首詩作參考

1・〈雨絲絲〉：

君做天邊雲，妾身地上泥。
雲濃雨自落，雨落草萋萋。

2・〈山與雲〉：

高山似郎君，妾如山裡雲。
日出又日落，相依永不分。

3・〈思君〉：

君作朝日暾，妾當日星辰。
出沒不相見，夜夜黯銷魂。

（作於2008.7.28）

二、須有結構

古典詩往往也有起承轉合的結構。如：

王維〈**息夫人怨**〉：

莫以今時寵，而忘舊日思。
看花滿眼淚，不共楚王言。

春秋陳侯之女，為息國夫人，為楚文王所奪，借云寧王脅迫賣餅師為妻。

又，**王維**〈**送別**〉

山中相送罷，日暮掩柴扉。
青草明年綠，王孫歸不歸。

二句「掩柴扉」之後，心裡的感受。三句轉為期盼，消融今日別愁。四句盼其歸來，思慕之情可知。

個人也寫〈詠茶〉詩：

新開凍頂久傳名，馨香片葉入喉鶩。
從來酒客徒知醉，不解茶清漱性靈。
（作於2008.8.4）

三、情景交融

詩不外乎情與景，好詩一定情景交融。

1．李商隱〈夜雨寄北〉

君問歸期未有期，巴山夜雨漲秋池。
何當共剪西窗燭，卻話巴山夜雨時。

2·李商隱〈嫦娥〉

雲母屏風燭影深，長河漸落曉星沈。
嫦娥應悔偷靈藥，碧海青天夜夜心。

個人也寫了二首作參考：

1·〈青山〉

花開花謝兩悠悠，去日匆匆未肯休；
只有青山常不老，滄桑閱盡古今愁。
（2008.8.17）

2．〈花開花謝〉

花開花謝去匆匆，滿眼紅花轉瞬空；
舊日同遊何處去？青山依舊醉春風。

（2008.8.17）

四、須有真情

《尚書、虞書》有「詩言志」。志，主要講真感情。

王維〈九月九日憶山東兄弟〉

獨在異鄉為異客，每逢佳節倍思親。
遙知兄弟登高處，遍插茱萸少一人。

（茱萸，一名越椒，有香氣植物，可避災）

張謂〈題長安壁主人〉

世人結交須黃金，黃金不多交不深。

縱令然諾暫相許，終是悠悠行路心。

（張謂，河南河內人，天寶進士，曾與李白宴飲，大歷為潭州刺史，詩諷世人友誼建築在黃金基礎上）

李紳〈憫農〉

鋤禾日當午，汗滴禾下土；

誰知盤中飧，粒粒皆辛苦。

（李紳，字公垂，提倡新樂府）

五、須有託興（寄託、言外之意）

虞世南（558-638）

〈蟬〉詩：

垂緌飲清露，流響出疏桐；
居高聲自遠，非是藉秋風。
（緌，繫冠之纓，此指蟬喙，暗示顯宦）

本詩與駱賓王「露重飛難進，風多響易沉」是患難語；李商隱「本以高難飽，徒勞恨費聲」牢騷語，比興不同。

王昌齡（生卒不詳，約卒於天寶末）

〈閨怨〉

閨中少婦不知愁，春日凝妝上翠樓；
忽見陌頭楊柳色，悔教夫婿覓封侯。

〈芙蓉樓送辛漸〉

寒雨連江夜入吳，平明送客楚山孤；
洛陽親友如相問，一片冰心在玉壺。

（芙蓉樓原名西北樓，在江蘇鎮江西北，昌齡時為江寧（南京）丞，辛漸為其友人，由潤州渡江，取道揚州，北上洛陽，在芙蓉樓為辛漸餞別。）

韓翃（大歷十才子之一）

〈寒食〉

春城無處不飛花，寒食東風御柳斜。
日暮漢宮傳蠟燭，輕煙散入五侯家。

（御柳，御院之柳，寒食禁火，煙火先及「五侯」（宦官）之家，刺宦官近君而多寵，後漢桓帝封單超新豐侯、徐璜武原侯、具瑗東武陽侯、左悺上蔡侯、唐衡汝陽侯。）

六、須多讀書、多閱歷

古典詩創作，基本的功夫在於多讀書，杜甫名句「讀書破萬卷，下筆如有神。」李白也是「五歲誦六甲，十五觀奇書。」在前人詩話中，有多處提及作詩須多讀書，如清代**李沂《秋星閣詩話》**云：

學詩有八字訣。曰：多讀、多講、多作、多改而已。……初學須日課一首，或間日課一首，勤作則心專徑熟，漸開門路，否則勉強支吾。

清・費錫璜《漢詩總說》云：

學詩須從一義著腳，如立泰、華之巔，一切培塿，皆在目中。何謂第一義？自具手眼，熟讀楚騷、漢詩；透過此關，然後浸淫於六朝、三唐，旁及宋、元近代。此據上流法，單從唐人入手，猶屬第二義。

清・王漁洋口授，**何世瑾**述**《然鐙紀聞》**云：

為詩要多讀書以養其氣，多歷名山大川以擴其眼界，宜多親名師以充其識見。

王漁洋認為多讀書、多閱歷、多親名師，是做好詩很好的見解。

又**袁枚《續詩品》**有〈**博習**〉條云：

萬卷山積，一篇吟成。詩之與書，有情無情。鐘鼓非樂，捨之何鳴？易牙善烹，先羞百牲。不從糟粕，安得精英？曰『不關學』，終非正聲。

以上許多前賢詩人，皆以博學為第一要務，也是最基本的要務。詩中可見其博學之例，如：**杜甫**〈**蜀相**〉

丞相祠堂何處尋？錦官城外柏森森。
映階碧草自春色，隔葉黃鸝空好音。
三顧頻煩天下計，兩朝開濟老臣心。
出師未捷身先死，長使英雄淚滿襟。

本詩須熟知三國史事。再如，**李商隱**〈**隋宮**〉

紫泉宮殿鎖煙霞，欲取蕪城作帝家。
玉璽不緣歸日角，錦帆應是到天涯。

於今腐草無螢火，終古垂楊有暮鴉。
地下若逢陳後主，豈宜重問後庭花？

此借隋煬帝揚州浪漫史事以刺唐也。

至於多閱歷，可增廣見聞，擴充詩材。山水詩，遊覽詩，皆須多閱歷。至於多親名師，可提高識見。

七、須變化、鍛鍊

（一）作詩貴翻案

袁枚，《隨園詩話》，卷二，有：

神仙，美稱也，而昔人曰：「丈夫生命薄，不幸作神仙。」
楊花，飄蕩物也，而昔人云：「我比楊花更飄蕩，楊花只有一春忙。」
白雲，閒物也，而昔人云：「白雲朝出天際去，若比老僧猶未閒。」
皆能更進一層

唐人，李益〈江南曲〉：

嫁得瞿塘賈，朝朝誤妾期。
早知潮有信，嫁與弄潮兒。

嫁與水邊戲潮之人，勝過有錢富商，亦可翻作

嫁與弄潮兒，潮來常有期。
鹽米無著落，難耐寒與飢。

（2008.8.6）

〈嫁與富豪兒〉

嫁與富豪兒，日食熊與貍；
相見如陌路，整年心寒飢。

（2008.8.6）

又如：**李商隱〈詠史〉**

北湖南埭水漫漫，一片降旗百尺竿；
三百年間同曉夢，鍾山何處有龍盤？

亦翻案鍾山有「龍蟠虎踞」之勝也。

（二）字句須鍛鍊

（1）五言第三字，七言第五字，有「詩眼」之說，須特別錘鍊，如：

1王維〈過香積寺〉

泉聲咽危石，日色冷青松。〈第三字〉

2李白〈題苑溪館〉

白沙留月色。綠竹助秋聲。〈第三字〉

3駱賓王〈晚泊〉

荷香銷晚夏，菊氣入新秋〈第三字〉

（2）此外在第一二五字等都有不同詩眼

1孟浩然〈望洞庭湖贈張丞相〉

氣蒸雲夢澤，波撼岳陽城〈第二字〉

2賈島〈題李凝幽居〉

鳥宿池邊樹，僧敲月下門。（第二字）

3王維〈山居秋暝〉

明月松間照，清泉石上流。（第五字）

4杜甫〈曲江〉

穿花蛺蝶深深見，點水蜻蜓款款飛。（第一字）

5杜甫〈秋興〉

匡衡抗疏功名薄，劉向傳經心事違。（第三、七字）

6李商隱〈無題〉

曉鏡但愁雲鬢改，夜吟應覺月光寒。（第四、七字）

㈢ 善用句式

五言以二、三或二、二、一或一、四及四、一句式為多

七言則四、三或為二、二、三句式為長常

a・二三句式

照月松間照，清泉石上流。〈二、三或二、二、一〉

b・一四句式

名豈文章著？官因老病休。（杜甫〈旅夜書懷〉）

c．四一句式

雲霞出海曙，梅柳渡江春。（杜審言〈和晉陵陸丞早春游望〉）

d．三四句式

嶺樹重遮千里目，江流曲似九迴腸。（柳宗元〈登柳州城樓寄漳汀封連四州刺史〉）

（四）勇於改詩

詩除多作外，要勇於改詩，袁枚《續詩品・勇改》。有：「人貴知足，惟學不然。」「知一重非，進一重境。」詩不改則心浮，多改亦有機窒，如何恰到好處是難處。

97.8.13

80 羅隱的〈春風〉詩

羅隱（833-909），晚唐浙江餘杭詩人，自二十幾歲至五十五歲應試干謁，唯作詩好譏諷，不為當道所喜。他的詠物詩六十餘首，以大自然之物（如牡丹、梅、菊、蜂、蝶……）刺世諷時。如詠〈春風〉：

也知有意吹噓切，爭奈人間善惡分；
但是粃糠微細物，等閒抬舉到青雲。

詩中以朝廷有眼無珠，「粃糠微細物」，諷刺夤緣出入小人，春風得意，英俊反沉下僚。也許古來這種事例很多，羅隱這首詩在封建社會有一定的普偏性。

他的另首〈西施〉詩：

家國興亡自有時，吳人何苦怨西施？
西施若解傾吳國，越國亡來又是誰？

巧妙的將吳亡在西施，越國滅亡又是如何？巧妙的將亡國責任歸結到帝王本身。

97.7.30

81 讀《陳銘堯詩集》

陳銘堯先生是我的好友，是東海大學中文系的同學，畢業後考入藝術研究所。後來從事國際貿易工作，一九九九年開始在《臺灣文藝》、《臺灣新文學》、《聯副》、《笠》、《文學臺灣》等報章雜誌發表許多詩篇，匯集而成《陳銘堯詩集》，二〇〇七年五月由高雄春暉出版社出版，共一百四十一頁。

陳銘堯會寫詩，寫這麼多詩篇，我是有些意外的驚喜。大學時代，他個性直率，不修邊幅，他最早是讀政治系，後轉中文系，爾後讀藝術研究所，以後從事國際貿易工作，可以略知他是個隨興趣做事的人。閱讀他的《詩集》中的作品，如〈春天的背影〉（《詩集》頁十五）：

悠悠醒來
已在一片雨聲中
何時下起的
綿綿密密的梅雨
絮絮叨叨

迷濛中
一陣弱燕呢喃
如此深邃
如此匆促
又消失於縹緲虛空

遠了，遠了——
失去了，失去了——
些些

輕盈了——
我的愛思
如漸淡漸淡的苦艾酒
這總是匆匆的旅程
意外的羈縻
更勝美的邂逅
免不了青春的忐忑——原刊於《臺灣日報》副刊2005年10月8日

讀銘堯兄的詩，感覺十分順暢，似乎不費力似的，體會春天的各種意象，心情，隨著春的飄逝。

再如他的〈遇見佛陀〉（《詩集》頁三十三）

多麼乾淨的一張臉啊
好像細心打磨過
又上了蠟一般微笑

對昨日沒有悔恨
對明日沒有疑慮
沒有兇暴的憤怒
沒有癡傻的愛
沒有夢
沒有自我
也沒有了他人

從這一張臉
我無法想像我的人生

我所經歷過的每一天
都深深地刻劃在我的臉上
而有一些更深的
是岩石內在的崩裂——原刊於《臺灣現代詩》第七期2006年9月25日

把佛完美無垢的精神，沒有悔恨、疑慮、憤怒……沒有自我、沒有他人，表現宗教完美理想。與俗世的我相比，自慚形穢，表現作者內心的感動。

2008.8.1

82 姻伯父

岳丈是在內人上海出生兩歲時即因病過世，所以只有在相片上看過。倒是姻伯父張廷楨先生，當民國三十八年來臺時，帶領岳母家大小來臺定居，一直長大成人，我與內人結婚時即姻伯父代表女方家長。

張廷楨先生早年隨政府來臺，曾隨先總統在總統府任機要秘書職，後轉任交通部基隆電信局局長、臺中電信局局長。

他對晚輩很親切，做事很認真，我與內人婚後，過年時都會去拜年，他親切的招待有如子女般看待，令人難忘，如今一轉眼也已過世快七年。

83 值得敬佩的校長——梅可望博士

我任教東海大學近四十年，經歷謝明山、梅可望、阮大年、王亢沛、程海東等校長。如果從學生時代算起，包括吳德耀校長，共六位。開創東海的曾約農校長，因「吾生也晚」，來不及見到他。是東海校友中的靈魂人物。而梅校長是我認為最值得敬佩的校長，之所以值得敬佩，是因為擔任校長期間，東海大學由低迷的環境，轉化為優質的學術環境。

據我的了解，梅校長來東海之後，提出「只要大師，不要大廈」的口號。在此期間，延攬許多名師來東海任教，尤其聘請中研院的院士、研究員等來校擔任研究所課程，一瞬之間，人才匯聚，包括招考的研究生品質優良，使得畢業生有好的出路。

其次，提高教職員同仁待遇。在梅校長未來之前，東海教職員待遇比公家單位低。梅校長到任後，積極努力爭取，使得同仁待遇與公家機關平齊。提高同仁敬業之心。也因為梅校長力精圖治下，東海聲望扶搖直上，每年大學評鑑都是私校第一，領先其他私校。

再次，東海從創校以來，富於人文精神，而梅校長未來之前，有些忽略。梅校長到任後，除了理、工、農均衡發展，更重視文學院，重視人文發展。當時聘請諸多名教授、院士，主要來文學院，尤其到中研所服務。以今天來看，真是名師濟濟。此外，除了原有文學院學報外，創刊發行《中國文化》月刊、《東海文藝》季刊，以及定期發行《東海校刊》、《校友月刊》等等，每年也舉辦《東海文藝》創作獎，參與學生十分踴躍。不論老師、學生、教職員都有發表文章的空間。使得東海的聲譽，遠近馳名。

最後，我應特別強調的是，梅校長，字孝思，特別推崇儒家忠孝節義的精神，以身作則，使得東海充滿人文氣息。反觀今日社會，包括媒體，除了強調物質、金錢、功利、慾望的滿足之外，還會想到什麼？

84 星雲法師

星雲法師與我之間，其實沒有特別的淵源。記得最早認識星雲法師，是民國七十一年梅校長主持校務時，由哲學系馮滬祥教授兼主任對法師募款捐給學校，立了「東美亭」，蕭繼宗先生曾撰文說明。

民國八十二年冬，母親逝世。次年，星雲法師籌募創辦學校經費，在籌募委員中，有東海畢業校友，連絡上我，希望我能找中部文藝界人士，共襄盛舉。由於感念母親去世，母親是信仰民間宗教，於是想藉這個機會，能替母親行些善，做些功德。當時我參加書畫學會，於是我就接受這個任務，連絡不少文教界人士，也算是盡點心意。

募款會結束後，星雲法師頒給我一座黃金刻的般若蜜心經的紀念牌，（後來家中遭小偷，被偷去，真是阿彌陀佛），以及一紙獎狀。後來，星雲法師在新聞稿中，也說明這件事。我也購圖書一批回贈。之後，有意要我兼叢林學院課程，我因離家太遠未接受。

回憶這段往事，歷歷在目。以後，並無與星雲法師連繫。每每在報上看見他提倡宗教之同時，提倡人文，重視文化教育，令人十分感動。

85 聖嚴法師

與聖嚴法師的結緣，是因為系上鍾慧玲教授的介紹。在民國八十三、四年寒假時，法鼓山舉辦大專教師生活營，系上除了鍾教授、還有周芬伶教授及我三位報名參加，地點在三義的一所學校。

第一次參加這種教師生活營，也算是有趣。天天過著規律的佛教徒生活，且要學「打坐」。記得最清楚的是聖嚴法師對人生的態度：面對它、處理它、放下它。

雖然是大學老師，在心智成長上還是有空間。約莫一周的生活營中，培養修心合群、打坐的調息的好習慣。

聖嚴法師的課程中，重視心靈環保，提供宗教生活思維方式，如何幫助他人、行善，以及了解聖嚴學佛的過程，也是艱辛的一步一步成長。

雖然聖嚴法師已圓寂，鍾教授亦是，然而腦海中行善佈施的念頭，總是在腦海中浮現。

86 證嚴法師

與證嚴法師結緣也是因為鍾教授的關係。鍾老師是一為虔誠佛教徒，大約也是在民國八十三、四年暑假時，鍾老師約了系上李金星教授與我，參加慈濟在花蓮舉辦的大專教師夏令營。

由臺中至花蓮，經過百里車行，到慈濟本部的「精思堂」。一眼望去，我覺得「精思」是好地方。淡雅、樸素的外觀，鋪著木頭的地板，就房子本身的規格，確實不同凡俗。爾後，分配宿舍，男女分開，男生是上下層大統鋪，堅實的木板床，鋪著被單，就可以成為臥室。

因為每天行程很滿，幾乎沒有時間可以閒聊，如要打電話，得利用睡前的休息時間。證嚴法師講話沉著、有力，言語中，總是帶著悲天憫人的心，勸人立即行善。從她的言語中，知道她學佛創業的艱辛，圍在她身邊的許多菩薩，也跟著她四、五十年的經驗。

雖然，我對於宗教信仰，抱著如孔子所說「敬鬼神而遠之」的態度，可真聽聽這些宗教領袖的講話，誠懇的態度、關心社會、重視人倫道德、注重人文，比起政府和官員似乎有過之而無不及。這也就是何以各種災變發生，宗教團體募得的善款比政府單位多。從這個角度思考，政府單位的行事作風，是否應該有許多可以改善的空間？

在慈濟參加大專教師的營會，另外的收穫是，我原本有些腰痛的毛病，居然因為睡木板床把痛病治好了，真是神奇。心中無比的高興。

想起這些有名望的宗教家，確實像一道清流，洗滌社會多少濁穢、貪婪……。雖然沒能把社會洗濯乾淨，至少混濁度減低不少，比起許多人，嘴裡說的一套，手裡做出來的一套，不知要強多少倍。

87 井松嶺大師

大師這個稱呼，用在藝文界較多。因為其他各行各業都有不同專屬的稱呼。只有藝文界，尤其在美術、音樂或文學等方面，有特殊成就的人，往往以「大師」稱之，井松嶺老師在水墨山水的成就，堪用「大師」來尊稱，表達他在這方面成就的尊敬。

說起井松嶺大師，出生地在河北（今改隸山東）東明縣井庄村。書香門第，從小對書畫有濃厚的興趣，尤其山水畫，更是一生如癡如狂的喜好。在大陸念書時，就有卓越的表現。來臺後，定居臺中，任教於省立二中，教授國文、美術。平日經常參加聯展，舉辦個展，大大小小，參展次數，幾乎難以計數。此外，與同好創立大道中國書畫學會，指導有志同好，為推廣美術教育，也到中部各大專院校教授國畫，私下，也招收弟子學習書畫。一時之間，臺中地區學習書畫的人口大增。也因此，他教授的學生滿天下。後來，他離開省二中教職，專門創作、研究水墨山水，隨著歲月的推進，井老師的畫技漸漸成熟，終至成為人人口中的「井大師」。有人說他是：目前國內外少數「可以靠繪畫來過生活的畫家。」現在一幅全開水墨，至少臺幣三十萬元起跳，就可以知道井大師在畫界的行情。前陣子在北京，拍賣價是五十幾萬，以前還有一張畫賣到上百萬，令人羨慕。

井老師師承黃君璧、傅狷夫等名家，尤其受傅狷夫老師影響大，除了自己研究、創作外，如師承傅老師裂隙法，並創滾筆法、逆筆法等，也向張大千請益學習潑墨，井大師的潑墨可說已是自成一家。

除了繪畫的成就，井老師更重要的成就是創立大道中國書畫學會，提倡美術教育，並且藉由「美術」的「美」，提倡「高尚」、「美好」的人格，來改善汙濁的社會環境。人人知道社會混濁，但不知如何澄清？井老師認為美術教育，可以美化人生、美化人格，除去濁穢的社會。所以每次美展開幕，井老師總是大聲疾呼的提倡美術教育，來淨化人心，改變社會風氣。現在社會，尤其媒體，為了行銷，引起眾人注目，往往報導「怪、力、亂、神」的事，怪力亂神報導的多，讓人覺得我們不知是活在什麼世界？也造成人心浮動，社會不安的現象。相反的，提倡美術教育的畫家，淨化人心的宗教家，關心社會變遷的學者專家，往往啞口無言，少有報章媒體特別報導、宣揚。因此，這些人物遭受冷落。這是社會的悲哀呢？還是社會「多元」的好處？為了貪名逐利，不擇手段，甚至喪盡天良，殘害他人，令人痛心。

我曾向井老師學習水墨山水大約二年時間，他雖有八十幾歲，身體硬朗，教學認真，把他一生所學精華全部傳授給我們（我和游慶隆理事長），為人不忮不求，許許多多的優點，不是三言兩語可以說完。面對紛紛擾擾的社會，井老師是一位楷模。有高超的專業美術成就，有好的人品，也有心提倡改善社會不良風氣的勇氣，這樣的人，能被遺忘嗎？

88 老朋友——李金星教授

能夠稱為「老朋友」的不算多，因為民國五十六年（1967）念大學時，我與李金星教授認識，當時他唸大一，我唸大二，算是學長。早期的東海是小班制，學生少，招收的學生素質也高，而且全校住宿，所以從大一開始，學長、學姐與學弟妹都熟。不過與金星教授班上同學熟，除了住校這個原因外，有「工讀」的關係。我大二時工讀的地點在圖書館，而且坐在櫃檯，每位同學借書卡上有同學的照片，從借書卡中，很容易認識同系的同學。另外，金星教授也是圖書館的常客，喜歡借書閱讀。此外，金星教授學業成績很好，經常得到校內外各種獎學金，跟我一樣，大概「英雄惜英雄」，所以跟他熟捻是很自然的。當然，學生時代對同學的認識畢竟很淺，後來念研究所，因為同唸的是古典文學方面，所以更熟。以後，因在東海服務，目前快四十年，如果從學生時代這樣算來，跟金星教授的友誼四十五年，將近半個世紀。將近半個世紀可以算是「老」。

至於朋友，有很多類型，有些朋友只管吃喝玩樂，有些「互相利用」，有些「損友」，甚至坑害友人，舉目所見，往往而有。所以真心稱得上朋友，應有共同的理想、純然的友誼、不計利害，互相幫助，雖比不上歷史上的管鮑，卻也說得上以誠相待，互相扶持。

之所以稱金星教授為「老朋友」，因為他符合這些條件，到目前為此，與他相交快五十年，夠老；而且以誠相待，公私分明、不說假話，令我敬佩。這也是我與他交情維持這麼久的原因。

金星教授教授開「中國文學史」、「中國文學批評史」、以及「小說」、「近代文學」等等重要課程，能鞭辟入裏，與學生互動很好，常為爭取學生權益，侃侃而談。也為系上同仁福利據理力爭。因為他天分高，看事準，說服力強，他的言論往往能左右同仁意見。言論正，也因此不免得罪人，這也是他獨來獨往的原因。

偶爾，系上部分同仁，如慧玲教授（已過世）、世箴教授、芬伶教授，還有銘水教授夫婦，以及我，幾個人聚個餐，算是最輕鬆的時刻，可以天南地北的聊，談談笑笑，自由自在。在大度山的生活，應該最美好的一刻。

89 山中偶記

在大度山生活，如果從學生時代算起，將近五十個年頭，地面上的一草一木、教室、宿舍等等都值得留戀、回憶。生活在山上的人們，不論老師、同仁、學生，也都值得回味。

一個人生活、成長在學校這樣的環境，應該是十全十美了。天天接觸是朗朗書聲、吹拂過來的山濤林木之音，青山白雲，可說是世外桃源了。何況有好的圖書館可以借書，好的資訊可以買書，獲得訊息，也有研究室可以讀書，而且可以教導渴望追求知識的學子。早期，自己是學生，盡管一方面讀書，也要「工讀」，掙點工讀費，以減低父母經濟上的負擔。後來，任職東海，有了薪水，菽水之養，有些慚愧，對於父母只有點滴潤澤而已。以後，生兒育女，負擔家計，還要規畫未來，也都一點一滴儲蓄。如今，女兒長大，或結婚了，或他鄉謀食，剩下二老，常常四目相對。

在東海任教，早期和師長在一起，自己常常敬陪末座的跟班老師，漸漸的，自己成長，可以獨當一面。年年都有自我要求研究的壓力，總是不斷在教學與研究的成長度日。如今似乎變成一棵大樹。

也許，我升等的早，引起部分同仁的「意見」，總在我「緊要關頭」，讓我「好看」。大概，我天生幸運，每次在危難中，似乎都會遇見「貴人」幫助我，讓我度過難關。我命中遇到許多貴人，包括江舉謙老師、蕭繼宗老師、巴壺天老師等等。還有部分同仁，也都站在「正義」的一方，協助我度過難關。有人甚至說我是福星。這些往事歷歷，如人飲水，點滴在心頭。

也因為這樣的生活經歷，得與失、禍與福之間，讓我有更深刻的體會，也因此，我學習佛教思想的「逆增上緣」的想法，遇到不順遂時，想起佛家的「逆增上緣」，使我增加不少信心，也增加更多的勇力。一次一次，我的信心、勇力，終究產生一股更強大、更堅不可破的力量，而能順應自然，能不斷的出現光輝，所以說，我真要感謝佛家所謂「逆增上緣」的思想，否則，我太早順心如意，容易滿足，到最後，可能一事無成，孟子不也說過：「天將大任於斯人也，必先苦其心志、勞其筋骨……」。雖然我沒有什麼「大任」可言，也只是「教學」與「研究」。由於不停的接受磨練，不停的加強「逆增上緣」，使我的意志力超強，勇猛的心志，永無衰竭。指定目標，總是全力以赴。使我完成的著作、文藝作品，源源不絕，如滔滔江水，氣勢如虹。

古人講：善有善報。累積了許多「逆增上緣」，使我的生命力更堅強，智慧變得不絕如湧，應該就是所謂「善報」吧！所以我還得感謝加諸我身上「逆增上緣」的人，沒有這些磨練，我的「能力」，恐難以達到今天這個境界。

雖然，我只是大度山上的一位過客，向其他駐留在此地的過客一樣，但生命的體驗十分深刻，這樣深刻的體驗，並非人人都有，心中所感，藉著著作的閒隙，把這種感受宣洩出來，與讀者分享，分享我的生活經驗、體驗，也算是一種享受。

90 幾回魂夢

今天是農曆七月三十日，是七月最後一天，地方風俗是關鬼門的日子，從初一日開鬼門關以來經過七夕，到中元，而至今天說是「鬼月」，其實這些「鬼」，不就是先人的魂靈？不管是那家的「祖靈」，都值得尊敬，慈濟把七月份定為「教孝月」，非常適當，道理很簡單，誰家沒有先人？誰家沒有祖靈？

夜裏，我常會夢見父母、家中長輩、大學老師們，栩栩如生的畫面，在夢境中與真實沒有兩樣，很難說是作夢。難怪莊周夢蝶，不知莊周是我？還是我是蝶？令人疑惑。值得安慰的是，夢見的長輩們大抵身體康健平安和祥，心中十分安慰。

不過難以理解的是人是否真有靈魂？靈魂是否輪迴？宇宙浩渺，鬼神茫昧，實在難以知曉，也許，宗教家認為有，部分科學家認為無，有與無之間，是否另有答案，也是令人費解。

有時我覺得是無，有時覺得有，關於靈魂存在與否，常常處於矛盾中，彷彿有時是有神靈在我的身旁，輔助我，有時又覺得什麼都沒有，讓我孤獨的走在人生道路，忍受種種的孤寂。

午夜，幾回魂夢牽掛著心中的事，是好，是壞，是預兆，還是靈幻？幻境終究會消失。殘留在心中的影像，有些也烙印在心坎很長的一段時間，難以忘懷。

97.8.30

91 平凡的生日

九月五日是我生日，我總是在工作中渡過，早上校對《楚辭選評注》（上課用），下午校對《詩話、詩論、詩學》講稿（上課用），《楚辭選評注》是找碩士班劉慧婷同學打字，《詩話、詩論、詩學》是找大學部陳怡靜同學打字。

算算今年，《韓柳文選評注》和《陶謝詩選評注》即將出版，八月也抄錄以前《題畫詩》成為另本詩集，看來今年的收獲甚豐。

明年還有《歐蘇文選評注》、《楚辭選評注》即將出版，心中充滿了期待與歡樂。還有

《詩書畫稿》、《山中偶記》，也許在今年或明年間出版，心中無限的期盼。只有不停的努力，實質的迎向前去才會帶來快樂，一般人慶生的繁文縟節就可以免了。

92 陳陽德教授追思會

陳陽德教授是一位政治系教授，畢業於國立政治大學博士班，來東海政治系任教，曾擔任訓導長（學務長），亦曾擔任國民大會代表，雖參加立法委員選舉，但未能選上，留些遺憾。他原是國民黨員，後轉為民進黨，再轉為台聯黨，政黨生活可說多彩多姿，他認為只要臺灣好，為臺灣，管他是什麼政黨，從另一個角度看，什麼地方對自己選舉有利，就往那邊跑，因為許多人已經認為選擇自己有利的情勢，在政治上才會出頭天。

早上十點參加追思會，來賓甚多，擠滿了路思義教堂，包括立法院王金平院長、前內政部黃主文部長、海基會張俊宏會長，梅前校長等等，可說冠蓋雲集，熱鬧非凡，能夠轟轟烈烈的走回天上的道路，也算是一種福分。

人有死生，有輕於鴻毛，有重於泰山，陽德教授因為醫生護士給錯藥而誤吞，因而魂歸離恨天，結束人間種種煩惱，家中的人頓時悵然若失，也只得割捨。

93 書畫會的朋友

參加臺灣省中國書畫學會及大專教授書畫聯誼會已經有長的一段時間了，從民國八十年起臺灣省中國書畫會馬理事長相伯及大專教授書畫聯誼會劉會長潤青就相邀入會，劉會長聘我為該會顧問，馬理事長邀我入會後被選為理事。

在這近二十年期間參加二書畫會展覽有二十餘次，感謝兩位長輩的邀約，馬理事長畫馬擅長，劉會長山水書畫見稱，作品名國際。除了二位長輩外，也認識國寶級書畫家井松嶺教授，他的山水繪畫的確十分專業，名聲享譽全球。朋友方面如何凌凱、游慶隆等先生。

另外，吳清地先生也是一位古道熱腸的人，他除了參加臺灣省中國書畫學會外，也主持台中市藝文交流協會，是一位極熱情的年青朋友，書法也相當流暢順意，今年九月一日參加中市地方稅務局文化藝廊舉辦藝文交流協會會員展，他要我致辭，我也特別表揚他的貢獻。值得補充敘述的是，民國九十八年（2009）起曾向井松嶺大師學習山水畫約二年時間，山水畫技有很大的進步。

2008.9.8

94 見日法師

見日法師是位方外的學生，本名張紫茵，二十幾年前大學聯考考入東海大學政治系，剛好那年我教政治系大一國文教到她，她在國文課時十分好學，常常在課內或課外提問題問我，所以印象深刻。

升大二時，她轉入中文系，讓我很驚訝，後來她也修我開的相關課程，印象中她一直很用功，也曾參加校內文藝創作獎比賽，得過很高的名次。

大四畢業時，她曾在校刊發表過一篇文章，提到在東海受教印象最深刻的老師，其中一位是我，我覺得她是懂得感恩的人，在現在的學生中已十分稀少了。

畢業後，她考上本校中文研究所，不知什麼緣故，她忽然棄學而就佛，皈依佛門，法號見日，出家後，也寫信告訴我家中情況，父母先後仙逝，她一個人選擇佛門做為生命的依歸，讓我十分感慨。

二十幾年來，每年的教師節她都會寄一張卡片，順便問候，在我腦海中，留下無法忘懷的印象，因為在東海任教三四十年她是唯一每年教師節寫賀卡的學生。

人之相知貴在知心，像她那樣看淡世俗，堅持己見，歸依佛門，與常人不同；能每年問候師長始終如一，令人佩服，如果學校的同學都有這麼好的品德、好的決心，還怕社會不安？還怕事業不成？

太多的人急功近利，罔顧人倫，也太多的人有始無終，造成社會動盪不安，事事無成。這是時代的悲歌，社會的不幸，好像「亂世」漸漸形成，能在這「亂世」獨樹一幟，不為所惑，畢竟少之又少。

95 《韓柳文選評注》出版

今天很高興收到文津出版社寄來拙著《韓柳文選評注》，用了很大的力氣，包括搜集資料、整理，請學生工讀打字，請文津出版社出版，大約二年時間終於看到成果。

古人云一分耕耘一分收獲，的確如此，這也是促成我不斷努力的動力。

有時想起韓愈的剛正，寫〈諫迎佛骨〉，令人敬佩。柳宗元一心想革新，參加「永貞新政」集團，一生過著貶謫的生活，令人慨歎。

2008.9.11

96 「辛樂克」颱風

今年中秋在九月十四日，不過今天十二日氣象局已經發佈強烈颱風「辛樂克」即將侵颱的訊息，使大家心裏十分害怕。因為今年已經有二次颱風過境，臺灣造成很大的災害，如果十三（週六）、十四（週日）登陸的話，損失恐怕難以估計。

每次颱風也常想到土石流、淹水、樹倒、屋毀的種種景象，天然的災害固然無法預防，像淹水，應該可以及早準備，不過往年修築河堤往往偷工減料導致河岸潰堤，橋斷，路毀，人車淹水的景象，部分政府官員為貪圖私利，罔顧社會大眾安全，沒有把應做的事做好，所以許多山區、低窪區、淹了一年又一年，百姓的痛苦，只好向老天爺哭喊。

今年的颱風，中秋節民眾賞月烤肉活動泡湯了，也許可以趁此節能省碳。

又記：「辛樂克」颱風過境，連下了三四天的雨，各地雨量往往超過千毫米，后里豐原橋墩被大水沖垮，二輛車子掉落。屏東鳳山間的舊大橋也被沖斷橋墩，土城停車場塌陷、許多山坡土石流沖落，農民損施難以估計，廬山溫泉旅館塌陷，丘明隧道埋四輛車……

2008.9.15

97 出版界難忘的朋友

我的著作《鄭板橋研究》民國六十五年在臺中曾文出版社出版，老闆曾文進算是第一次認識出版界朋友，爾後在學生書局、文津出版社、聖環書局、桂冠圖書公司、聯合文學、秀威資訊等等出版的著作，不論學術性、文藝性的作品漸多，認識的出版界朋友也漸多，許多發行人在我腦海中留下深刻的印象。

其中讓我印象特別深的是文津發行人邱鎮京，他為人豪爽，每次我的稿子交給他，他都給我十分之一版稅，我們系上許多會議研討會論文集的出版，大都由文津出版，許多出版業已經不想出版學術研討會論文集，唯有文津出版社邱先生還堅持不計算營業盈虧為文化教育付出貢獻。真是難能可貴。

邱老闆是屏東長治鄉人，或許同為屏東縣人，跟他談話總是有幾分親切。雖我與他不常見面，但對於他熱心奉獻教育、出版界，值得大書特書的。

98 剛卯

剛卯是古人身上佩飾，以玉做成，避邪用。

根據范曄《後漢書・輿服志下》第三十，有：

佩雙印，長寸二分，方六分，乘輿、諸侯王、公、列侯以白玉，中二千石以下至四百石皆以黑犀，二百石以至私學弟子皆以象牙。上合絲，乘輿以縢貫白珠、赤罽蕤，諸侯以下以綔赤絲蕤，縢綔各如其印質。刻書文曰：「正月剛卯既決，靈殳四方，赤青白黃，四色是當。帝令祝融，以教夔龍，庶疫剛癉，莫我敢當。疾日嚴卯，帝令夔化，慎爾周伏，化茲靈殳，既正既直，既觚既方，庶疫剛癉，莫我敢當。」凡六十六字。

從這段記載，知道剛卯是由古代佩雙印來。所謂：「古者君臣佩玉，尊卑有度。」列侯以上用白玉，二千石至四百石用黑色犀牛角。二百石與私學弟子用象牙。而且繫有絲帶，天子以白珠貫串。並刻有：不吉利的甲子和乙卯日，帝舜令夔對天下施行教化，教化此神靈的長殳。長殳又正又直，又角又方，各種瘟疫、疾病，不敢擋我。將此佩玉繫身，作為避邪之物。所以王先謙《後漢書集解》云：剛卯以逐鬼魅。又，在《後漢書・集解》引服虔注《漢書・王莽傳》云：「剛卯，長三寸，廣一寸四方。」引晉灼說「長一寸，廣五分」。此剛卯長寬各有不同說辭。

至於佩戴風俗，《集解》云：佩印，本秦俗之舊，（漢）不能驟革，故漢因而製卯，其分寸難畫一，《志》（指《輿服志》）所言，特《後漢書》官學定制耳。也就是說，《輿服志》所說的長寬尺度，以漢代學官為準，以前分寸難以統一。

至於今日流行市面剛卯長寬大一亦不一，或許因為出土文物長寬大小本就不同。

99 九十七年度迎接大一新生

為迎接九十七學年度入學新生，中文學會會粘家倫會長特別邀請我參與，並且要我講幾句話，所以我準備簡單的說幾句。

大概我是大二導師，是同學找我講話的原因。

早期東海是小班制，現已成為大班，我們社會這些年來也有很大的變遷，變的更開放、多元與民主，學校與社會的變遷，讓我們年青朋友要有新的思維，也就是說如何在這變遷的環境中，確保自己的未來事業新的開展，須要尋求自己定位。

目前大學多，科系多，如何站穩自己的腳步是很重要的，以中文系來講，廣博汲取各種知識外，在中文系的專業中，你應尋求自己的興趣，古文、詩、詞、小說、文學理論等等，都應當廣泛的搜尋資料、培養自己的興趣，培養讀書、研究的興趣。其次是專心、努力去實踐，有了興趣的引導就應該努力以赴，天上不可能自動調下來成果，成果須要靠一點一滴的努力，所謂「九十九分的努力，一分的靈感」，或者說「七分努力、三分運氣」，簡單的講，有了研究興趣的方向之後，就該朝這個方向去努力。當然，努力的過程是要靠毅力，須要堅定不移的精神才能衝破困難，超越同儕。

在學校除了堅定自己意志外，就是要與師友、同學作良性互動，意思是要交好朋友，友多聞、友忠信、友多智與好朋友交往，自然會提升你的能量，不要一天到晚吃喝玩樂。也要多親近博學多聞的師長，提升知識、智慧、鍛鍊人格，使你的身心得到健全的發展，尤其在學業生活上有困難、應多與導師、老師、系主任、助教多多聯絡、解除現實的煩惱。

一個人有沒有未來，眼前就可以看出來，有好的理想、堅毅不拔的精神、持續不斷的認真工作，「鐵杵自然磨成繡花針」，相反的，光說不練，光靠嘴巴講講，「鐵杵」永遠是「鐵杵」，不可能變成「繡花針」。

總之，大一是學習新的開始，一番新氣象，處處充滿生機，在蓬勃的生機中，好好規劃，努力未來才是重點。

2008.09.18

100 溫儒敏主任來校參訪

十月十六日北大參訪團八人到臺灣參訪，第一站到東海，到達時已是晚上八點半了，我約八點四十拜訪溫主任。溫主任是聘我到北大演講時的主任，據他說他當主任有十三年之久，可說是少見的長壽主任，與他會面很愉快，尤其近況還問我是否到北大講學，我說明年我休假，可以考慮到北大，他送我一本新著《書香五院》是北京大學出版社出版，記錄他在北大的生活，多彩多姿，約聊了半個鐘頭，因為怕他勞累，所以就回宿舍了。

2008.10.17

101 敬悼 鍾教授慧玲

江淹〈別賦〉云：「黯然銷魂者，唯別而已矣！」的確，令人神魂顛倒、消散的，只有「別離」。生離死別，令人悲慟不已。

尤其令人悲慟的是，熱心公益的人，一朝離去；富有智慧的人，瞬間消逝；具有正義感的人，朝夕成為永別。頓時，好像這個世界失去了正義，失去了智慧，人與人之間變得自私起來，天地間更加顯得昏暗。

認識鍾教授可說是福份。她從民國七十年來東海任教，至今將近三十年。她的一生，除了讀書求學外，把全部時間獻給了東海，尤其中文系。同仁、學生，分享她的熱心、愛心、智慧，還有正義。她任勞任怨。個人研究方面積極爭取國科會研究計畫，提昇研究品質，也因此，國內重要研究機關，如臺大、中研院文哲所、政治大學、中興大學等等名校，也都先後聘請她來考研究生，或審查學術論文。國外，如香港大學等，也是如此。她參加國內各大學論文發表，也到南京大學發表論文，因此，聲名遠播。而經她指導的博碩士生，獲益多，學術上有成就。如此教學認真，努力研究的人，老天似乎沒有較多的眷顧，竟然得了肺癌，不幸逝世，享壽六十，令人悲慟！

鍾教授當過中文系主任，處理系務井井有條。當系主任時，忙於公務，經常早出晚歸。後來任財團法人高等教育評鑑委員，都能恪守其職，令人佩服。她倡導兩性平權，提倡女性文學。她唸政治大學，從學士、碩士、博士，一帆風順。博士論文是《清代女詩人研究》，是開創中國女性文學的第一本專著，完成後，引起各界的關注，甚至連美國耶魯大學的孫康宜教授，也曾以此書為教學藍本。以後研究清代女性文學的學者，莫不以鍾教授這本巨著為女性文學研究的開山祖。

東海中文系的同仁，也因為她處事公正，對她敬重有加；尤其她的謙卑、謙虛，淡泊於各種名位的爭取，有點像山林隱士，保持高尚的品德。有如天上皎潔的月亮，燦爛的星星。她的急公好義，幫助急難學生，也幫助社會上的弱勢，除了人間菩薩，誰能如此？她參加慈濟、法鼓山等佛教團體，經常大筆的捐款，也因此家中有好幾位慈濟「榮譽董事」。本身生活檢樸，餐餐素食。環顧今日急私好利、爭名奪權的人，鍾教授好像一道曙光，劃破沈沈黑夜。假使這個社會，人人以鍾教授為學習的榜樣，一定是清明、太平世界。可惜的是社會上常常出現黑白顛倒，混淆是非的事情，也經常不分青紅皂白，黨同伐異，糢糊好人，冷落君子，令人慨嘆。

人，無法避免生死循環，有生有死。其實生即是死，死亦是生。所謂成住壞空，生滅變化，無有間斷。每天的睡覺，就像「小死」，死亡是「長眠」，生死之差，不過一短一長的睡眠而已！

死亡，是靈魂脫體，像佛經上說的，從此「心無罣礙」，因為「心無罣礙」，瀟灑去來，離開世間。不像我輩凡俗，掛記著七情六慾，處處充滿牽絆，充滿拘束。也許鍾教授已到遙遠國度，過著自在、無罣礙的生活。像她高尚的人品，高超的智慧，急公好義的性格，死後唯一的去處必是天上。天上的菩薩是凡民的表率，只有人格高尚的人，才有機會，也才配得上西天，與佛陀相左右。

又，我在鍾老師公祭時，含淚讀了〈敬挽鍾教授慧玲〉：

驚傳圓寂摧肺肝，一生難料生死關；
昔日相聚如昨日，今朝作別淚漣漣。
天賜聰慧人稱羡，佛陀召回因這般？
一陰一陽即是道，君倡平權獨率先。

閨閣女權教育始，著作首撰女神仙。
學術名播海內外，教學兩性無區間。
鞠躬盡瘁駐東海，卅載廣澤被萬千。
博通古今愛詩詞，傳承文化有鐵肩。
急公仗義直性格，慈悲喜捨結善緣。
一日三餐全素食，佈施法雨助孤殘。
捐獻慈濟與法鼓，功德無量萬口傳。
德高真似皎潔月，玉容比如菩薩顏。
悲風浮浮天寒凍，大度山中枯金蘭。
人生如夢如幻影，音容宛在如小眠。
聖靈光華駕雲起，捨棄濁世坐彩蓮。
蓮花朵朵陪菩薩，波羅彼岸無俗牽。
天上人間有多遠？來去不知幾多年？
今日一別成千古，月應有恨月缺圓。

102 南京大學主辦「兩岸大學生長江三角洲自然暨人文地理考察活動」參訪紀實

二〇〇七年八月十六日，由國教處安排，我帶領本校及北台科技學院、中華技術學院、交通大學、元智大學、中央大學、東華大學等校師生，前往南京大學主辦的參訪「長江三角洲自然暨人文地理考察活動」。各校帶隊老師分別是北台科技學院陳振山教授、中華技術學院田振榮教授、交通大學李子聲教授、元智大學劉阿榮院長、中央大學林沛練、張瑜芬教授夫婦，東華大學未派老師帶隊，理所當然由我這總領隊擔起照顧責任。負責接待的是南京大學鄒主任亞軍、孔劍鋒先生、宋瑩小姐等。至於本校參訪的同學分別是：國貿二張琬琪、政治二紀英鼎、外文二李喬、社工二林貞昀等同學。

很順利的，十六日下午在一點半左右到達南京，後至漢庭商務酒店下榻。下午四點半，在南京大學校門口合影留念，並參觀南大校園、校史博物館。南京大學目前校址是前金陵大學原址，後，金陵與南京大學合併，而本校東海大學又是金陵大學等十三所教會大學在臺灣復校，二校可說淵源深，臺灣有許多教授畢業自南京大學，參訪南大有親切感。晚上六點半在南苑三樓餐廳舉行歡迎晚宴，由南大校長特別助理張序余教授致詞，接著由我及各校領隊陸續致詞，希望除了原有兩校關係外能加強兩校或多校關係。

八月十七日早上訪明代城垣歷史博物館，緬懷明太祖朱元璋興建南京城的意義，並漫步玄武明，亦稱後湖，為宮殿後面湖泊之意。花木遮天，玄武湖湖水瀲灩，景色宜人。而後參觀拉貝紀念館。拉貝是德國傳教士，中日戰爭，日本屠殺南京百姓，拉貝先生除了救護收容中國難民外，也記錄當時南京大屠殺事件。下午，在知行樓聽張敏副教授「長江三角洲自然暨人文地理概況」，大體能將最近長江三角洲經濟繁榮說了很詳細。約四點前往舊總統府參觀，晚上，往夫子廟，飯後遊秦淮夜景，人來人往，十分熱鬧。

八月十八日，早上參觀中山陵，登上許多階梯，瞻仰孫中山開國國父陵寢，參觀音樂台，水與音樂齊舞，還有白鴿相伴，成群白鴿飛上飛下，令人歡心。又往靈谷寺，這是有名的「無樑殿」，因為研究趙翼，趙翼有〈靈谷寺〉詩，所以對無樑殿建築，早已知曉。不過據導遊說，當時寶誌和尚（濟公）葬埋的靈谷寺已換了地方，今日靈谷寺為國民黨陣亡將士安置地。下午，往揚州，遊覽瘦西湖、大明寺。瘦西湖纖瘦，兩隄柳樹，說是隋煬帝賜姓楊，柳條阿娜多姿，與湖面、其他花木相映成趣。大明寺，紀念唐鑑真和尚，由於他傳佛教至日本，據說日本入侵中國，不殺揚州人，是日本人感念鑑真和尚到日本傳教之故。晚上和東海、東華幾位同學坐三輪車，漫遊揚州古城，倒也是一番趣味。

八月十九日，參觀个園，綠竹蒼蒼，石林壁立，春夏秋冬四時景物，無不巧思構造。後，往泰州薑堰，在溱湖度假區酒店用餐，鄒亞軍主任也前來招待。鄒主任年輕有為，待客誠懇。下午，參觀溱湖國家濕地公園，入泰州賓館住宿。

八月二十日，早上赴南通，途中往如皋參觀明末冒辟疆故居水繪園。冒辟疆，明末四大公子之一，空有才華，不能展佈，雖與董小苑過一段甜蜜生活，留下一生惆悵。下午，參觀紡織博物館瞭解張謇創辦大生紡織廠歷史，藍印花布博物館，染織手工精細，我也買了一個福袋子。下午約四點，遊狼山風景區，圓通寺，是聖嚴法師出家寺院。到寺院時，僧侶鳴鐘迎接我們這些訪客，留下深刻印象。站在圓通寺旁亭子，來來往往大小船隻，在長江江面穿梭，忙忙碌碌。滾滾長江水，淘盡古今英雄，卻淘不盡來往的船舶。晚上，遊濠河夜景。沿著河邊，現代化的建築，水柱與燈光變化、及廣場上歌唱大會，眩人耳目。

八月二十一日，坐遊覽車過江赴上海，下午參觀上海城市規劃展示館，想見上海未來遠景，令人驚嘆。也逛城隍廟、豫園。晚上外灘活動。

八月二十二日，早上參觀上海孫中山故居。看見孫先生家居許多遺物，睹物思人，思想他樸素的生活與建國的艱難。參觀完畢提早用餐，準備搭機返台，南大事務工作人員與年輕朋友送我們到機場，依依不捨的互道珍重。約晚上九點平安抵台，結束一週快樂參訪活動。

103 王永慶先生之喪

王永慶先生不論在臺灣或大陸都有極高的知名度，所以他的逝世，引起兩岸共同的哀悼。各類媒體不停傳播跟王永慶先生相關事情。

王永慶先生白手起家，不辭辛勞，艱苦卓絕的精神成為華人中三位首富之一，全世界人稀奇一個平凡的人憑著他的不斷努力、眼光，還有機運，塑造台塑王國，而而且熱衷臺海兩岸教育，關心貧窮百姓，賑濟四川受災戶，熱烈捐錢，令人刮目。

人有死生，正如草木有榮枯，不同于草木的是，草木的榮枯，隨著季節的變化成長與消逝，人呢？有所建樹，可以能有「立德、立功、立言」，而成為不朽。

王永慶先生的事業，算是「立功」，不是嗎？

2008.10.19

104 五十三週年校慶

今天是東海五十三週年校慶，學校舉辦各項慶祝活動亦如往常，其中有表揚資深教職員工，我因為服務滿三十五年，所以也被「表揚」之列，不過因為早上有推廣部的課，我並沒有參加。

想想這三十五年來，應該用「無愧」兩字來說明自己，不論對老師、學生、教學研究，一步一腳印努力去做，十分心安理得，早已不在意學校是否表揚了。

2008.11.2

105 鳳之來儀

十一月七日清晨約二三點，忽夢鳳之來，醒而有作：

是夜有夢，鳳之來儀。肅肅其羽，羽翼麗奇。
或左或右，懷抱膚肌。醒後有作，心曠神怡。

後記：戊子年立冬日清晨夢見鳳之來作。

106 夜月

這些日子，約莫晚上八點多由人文大樓走回宿舍，或早上五六點出門晨跑，都看見皎潔的月亮，高掛天上，也許靠近農曆的十一月中，明明之月，照在大地，一片白，與空中月光一瀉千里，令人欣然。

地上的草、道路，還有操場，月光的金或白揮灑在上面，無比潔淨，大概心無雜事，與皎潔的月色交會，如此令人難忘。

2008.12.16

107 己丑新正

·之1

今天是己丑牛年元日，祝福天下人皆能得福，牛年行大運。感恩，心存感恩，則天下安寧。

寫一首己丑元日詩：

春正月陰濛，人人拜道宮；
神牛開好運，國泰庶民豐。
（據傳農曆元日是道教元始天尊誕辰）

・之2

今天初二，小外孫女鈞鈞隨她父母親回娘家。看看小外孫女十分可愛，令人開心。

2008.1.27

・之3

農曆初三，以前中文系畢業生釋見日法師（張紫茵）、鍾老師（住美濃）及曾美觀老公葉先生帶著小孩來東海，探望我。

見日法師執意學佛，歸皈佛門，也有一二十年了。日子真快，見日法師，曾美觀，是我教大一國文（政理班）時學生，見日升大二時轉入中文系，考上中研所就放棄就學而入佛門，大概與佛有緣吧！

2008.1.28

108 夢見濟公

夢見神佛，平常少有，今早清晨卻夢見濟公。以前曾夢見過觀世音菩薩，穿著白色素衣，印象頗深。

清早夢見濟公，且夢中所見似乎是濟公顯靈，因為起初我不相信，可是夢中的濟公確是讓我相信，一再出現我眼前，並向他跪拜。

濟公之於我，是在遊杭州虎跑泉時留下的，印象不深，可是虎跑泉導遊說：濟公最後離開靈隱士在虎跑泉圓寂的，而且存有濟公禪師的法像，因此留下了印象，可是趙翼〈靈谷寺〉詩不是說「寶誌」（濟公）葬於靈谷嗎？怎在「虎跑泉」？令人疑惑。是否死在虎跑泉而葬在靈谷寺？

一大早上接到鄉下電話，說大姐媳婦過世的消息，跟此夢有關？濟公來報信？因為姐夫家信道教頗深。還是另有其它原因？還是巧合？

109 夫妻情深

跟內子結婚已三十八年，孩子也三十幾歲，真是歲月如梭。

與內人認識是陳（問梅）師母介紹。在我研究所時，陳師母認為我個性木訥、只曉得讀書，不會交朋友。因為陳師母任教台中女中，女學生頗多，跟陳師母素有往來，而陳老師東海任教，認識中文系學生，所以陳師母介紹女方，陳老師介紹男方，一起撮合。據陳師母說，牟宗三老師的婚姻，也是由陳師母介紹的。也許因緣湊巧，在陳師母的介紹下，我認識內人張文璞女士。

剛認識內人時，她在電信局上班，我是中文研究所學生。因為我忙於撰寫論文，很難抽空旅遊。平常都是忙完一天功課後打電話聊聊，偶爾至臺中吃個火鍋，算是「奢侈」了。二人也曾拜訪我三弟儉家住處，那時三弟在大里台糖廠做事，生活簡樸，到大里看看儉家弟算是「戶外旅遊」。

民國六十二年（1973）元旦，與內人訂婚，六月二十六日結婚，剛好我論文完成，口試也通過了。而且由於蕭（繼宗）老師的栽培，即聘我為講師。民國六十六年（1977）升副教授，七十一年（1982）二月升教授，教學生活一帆風順，而內子在臺中電信局任中級主管，民國九十三年（2004）因健康關係提前退休，不再每天忙著公事與家事，蠟燭兩頭燒。

在內子退休後，三餐都自行料理，處理家務，井井有條，也常常為我打字，雖然學生以工讀方式為我打稿，但最後，需要訂正的地方，往往由內人幫忙。或平日有電郵往來，也都是內子的幫忙。

隨著歲月的流逝，一年一年又一年，青春隨著歲月漸漸消逝，不過感情也日深。最近早上，天天和內子去漫步，談談生活瑣事，家中趣事，倒也快活。

110 乾隆三大家：袁枚、趙翼、蔣士銓
——到北京大學中文系演講稿

前言

兩岸長期以來缺乏學術交流，影響學術成長，在民國九十五年（2006）四月我應北京大學中文系邀請至該系講學，茲將演講綱要內容刊出。題目是「乾隆三大家：袁枚、趙翼、蔣士銓」。因就三人生平主要成就論述。

甲、生長環境：

袁枚，在（〈遺囑〉）中云「家徒四壁，日用艱難」。「每過書肆，垂涎繙閱」。而蔣士銓出生時，「室如懸磬」，婚後，母親在「家益落」的情況下，典當首飾，補貼生活。趙翼家貧，家中產業僅老屋七間，上有三姊，下有二位弟弟，任杭州講習，待遇六金，二十三歲失館，到北京依靠岳父劉鶴鳴。三人生長的環境相似，很貧困。

乙、地理環境

浙江、江蘇、江西、明清之學者文人多。

丙、時代環境

政治、社會由清初之際的政治悲情（明亡、文字獄、種族岐視），文人轉趨文藝活動。袁枚倡導女子教育，陳文述繼之。

有主性靈說，（如①王運然《中國文學批評史》）②《靈感說》（葉嘉瑩）③性情靈感說（郭紹虞《中國歷代文論選》）④性情三要素（王英志《性靈派研究》）

一、袁枚（一七一六－一七九七）字子才，浙江杭州人

性靈說

袁枚文學批評思想淵源

（一）鍾嶸《詩品》不貴雕飾，音韻求自然和諧，不貴用事，主由直尋，重性情。

（二）楊萬里，推許晚唐，求味外之味，翻陳出新，反對和韻，求性情的本質「真」「我」（個性）

（三）袁宏道，反摹擬，獨抒性靈，詩文重趣，博習。

袁枚性靈說的意義：在《隨園詩話》（卷十四頁十三）

人必先有芬芳悱惻之懷，而後有沈鬱頓挫之作，人但知杜少陵每飯不忘君，而不知其于朋友、弟妹、夫妻、兒女間，何在不一往情深耶？

又說：

詩者，人之性情也，近取諸身而足矣。其言動心，其色奪目，其口適口，其音悅耳，便是佳詩。（《隨園詩話補遺》卷一頁一）

又在〈童二樹詩序〉說：

詩，性情也；性情得，而形骸可忘。（《小倉山房續文集》卷二十八頁四）

在〈答何水部〉：

若夫詩者，心之聲也，親情所流露者也；從性情而得者，如出水芙蓉，天然可愛。（《小倉山房尺牘》卷七頁八）

皆以詩是「性情所流露」。如杜甫〈自京赴奉先詠懷五百字〉：「老妻寄異縣，十口隔風雪。誰能久不顧，庶往共飢渴。入門聞號咷，幼子餓已卒。……所愧為人父，無食致夭折。」又如〈羌村〉：「柴門鳥雀噪，歸客千里至。妻孥怪我在，驚定還拭淚。」又〈天末懷李白〉：「文章憎命達，魑魅喜人過。」而所謂性情，是指「真」性情說的。《隨園詩話》卷五頁十三云：

人悅西施，不悅西施之影。明七子之學唐，是西施之影也。

是因為「西施」是真，「西施之影」是虛幻的，不真實的。真東西人家喜歡，虛幻的東西，就不喜愛了。在《隨園詩話》卷八頁十三引王崑繩（根據楊廷福、楊闓南編《清人室名別號索引》上海古籍出版社。名王源，宛平人，別號，信芳齋）曰：

詩有真者，有偽者，有不及偽者。真者尚矣，偽者不如真者。

也因為袁枚重視「真」字，反對虛偽，人偽的，所以他抨擊重視形式格調的詩論，在〈趙雲松甌北集序〉（《小倉山房續文集》卷二十八頁二）云：

吾非不能為何、李格調以悅世也，但多一分格調者，必損一分性情，故不為也。

袁枚又把作詩比作交朋友，在〈與羅甥（又）〉云：

作詩如交友也，倘兩友相見，終日一味作寒喧通套語，而不能聽一句肺腑之談，此等泛交，如何可耐？足下（指其甥，姓羅）之詩，敷衍唐人皮面，不能表現性情，有類泛交之友，靜言思之，亦覺少味矣。（《小倉山房尺牘》卷五頁十）

以上就真性情言。對于真性情的說法，從「詩言志」（《尚書、虞書》）之說比來，用真性情來表達，歷代說者甚多，此不過舉其要者。蔣、趙、張問陶，性靈詩人龔自珍（1792-1841）倡性情，所謂「歌泣無端字真」。至於袁枚之後，甚至王國維《人間詞話》講「境界」，胡適等人提倡新文學等等莫不以「真」字為詩文表達首要之事。魯迅得力於中國小說「有真意，去彩飾」的白描。

就「靈」字言，包括「空靈」「機靈」的意思，袁枚引：

嚴冬友（嚴長明：江寧人，字號有：用晦，東友、道甫、東有。）曰：「凡詩文妙處，全在於空，譬如一室之內，人之所遊焉、息焉者，皆空處也。若窒而塞之，雖金玉滿堂，而無安放此身處，又安見富貴之樂耶？鐘不空則啞矣，耳不空則聾矣。」（《隨園詩話》卷十三頁十四）

空的意思有「空」，才見詩文妙處；猶如國畫，留白才顯得有靈氣、靈妙。袁枚又說：

孔子曰：「剛毅木訥，近仁。」余謂人可以木，詩不可以木也。人學杜詩，不學其剛毅，而專學其木，則成不可雕之朽木矣。（《隨園詩話》卷十五頁九）

即主張詩不僅有「空」、有「留白」還要「機靈」、「靈動」，不可做朽木。古來詩論講空、講機靈，是較少的。

二、蔣士銓（一七二五－一七八五）字心餘，又字苕生，號藏園，江西鉛山縣人。其詩論主「惟直抒所見」（〈《忠雅堂文集》卷二，〈學詩記〉〉）。又云：「十五學義山愛之」，「後學少陵、昌黎」，「四十取蘇黃」，「五十棄去，惟直抒所見」。又，言「古今人各有性情」、「直達所見」、須「忠孝義烈之心」、「溫柔敦厚之旨」。（《文集》卷一，序一，〈鍾叔梧秀才詩序〉）。至於文學作品《藏園九種曲》。

有清戲曲作家，前後約二百餘人，重要作家明末清初有：吳偉業（如《秣陵春》）、尤侗（如《讀離騷》等劇五種）。康熙期有：洪昇（如《長生殿》）、孔尚任（如《桃花扇》）、雍正乾隆期有：以蔣士銓最有名。以後漸式微，蔣士銓所著《紅雪樓九種曲》、（《藏園九種曲》）分：雜劇三，傳奇六。包括：

《一片石》雜劇：敘明武宗正德十四年，寧王朱宸濠反，婁妃諫不聽，寧王敗後，投水死。共四齣。

《第二碑》雜劇又名〈後一片石〉與前戲相連。步步經營，架構完整，詞藻亦富。

《四絃秋》雜劇，其創作動機在於端正馬致遠〈青衫淚〉的錯誤，內容言白居易與商婦花退紅嫁寡情郎，白居易論事抗直干怒；花退紅寡情郎重利棄家。共傷淪落，借別人酒杯以澆胸中壘魂。

《空谷香》傳奇，表彰南昌令顧孝威（瓚園）姬姚氏之節烈。一絲既聘，能為令尹數死亡，志不見奪。

《桂林霜》傳奇，敘述吳三桂據雲南，廣西將軍孫延齡與之勾結，百計誘馬雄鎮降，不從，馬雄鎮全家三十八口死節，教忠教孝。

《雪中人》傳奇，敘述鐵丐吳六奇受恩於查培繼，而為水陸提督；培繼蒙冤入獄，為六奇所救，報恩故事。

《香祖樓》寫仲約禮妾李若蘭一生哀婉故事傳奇，與《空谷香》傳奇相仿，然其結構與製局各極變化。

《臨川夢》傳奇，言湯顯祖才華出眾，不邇權貴，終以一官潦倒，借古諷今。（諷刺和珅當道，貪婪專權。）

《冬青樹》傳奇，譜宋末文天祥、謝枋得之忠烈。

心餘九種曲皆吐屬清婉，有功名教。雜劇傳奇結構以《臨川夢》為第一，《雪中人》亦佳，《四絃秋》能創新編，情詞悽切，《桂林霜》、《一片石》、《第二碑》、《冬青樹》皆有功於名教。《香祖樓》、《空谷香》，言情佳，具能擺脫「猥褻」的毛病。至於散曲體格，音律略有差池，不失為乾隆第一大曲家。

三、趙翼（一七二七—一八一四）字雲崧、雲松，常州陽湖人（江蘇武進）

趙翼的史學成就，主要在《廿二史箚記》，其次《陔餘叢考》，今分述如下：

甲、用比較歸納法治史

史料經搜集、審訂、整理、批判等研究方法，得出歷史真實。乾、嘉以來，考證學統一學界，職志在於「考證史蹟，訂誤正謬」，趙翼更能「用歸納法比較研究，以觀盛衰之原」，（梁啟超《清代學術概論》頁五十四，臺灣商務）。

甌北歸納、比較法來撰著篇章，《廿二史箚記》中，觸目皆是。先舉歸納法，如卷二

「漢初布衣將相之局」條，言漢初將相出身低賤，像酈食其、夏侯嬰等為白徒，樊噲為屠狗者，周勃是織薄曲吹簫給喪事者，灌嬰則販繒者，婁敬則輓車者，蓋君既起自布衣，其臣亦多亡命無賴之徒。此就同時代人物歸納。若不同時代人物歸納如：卷五「累世經學」言孔聖後，歷戰國、秦及兩漢，無不以經業為業，伏勝以尚書教授，世傳經學，歷兩漢四百年等等。

除歸納法，趙翼又用比較法，甌北稱之為「比對」。如《廿二史箚記》卷一的「《史記》自相岐互處」，比較《史記》各傳、得知其間「自相岐互處」。「《史》《漢》不同處」條，「《史》《漢》互有得失」條，皆比對《史記》、《漢書》，得知其紀年、紀事、紀人、官職、文字本身等等不同。

趙翼以比較歸納治史外，又富有《春秋》大義的精神，梁啟超云：趙翼之《廿二史箚記》，此書與錢大昕、王鳴盛之作齊名，然性質有絕異處。錢、王皆為狹義的考證，趙則教吾儕以蒐求抽象的史料之法，昔人言：「屬辭比事，《春秋》之教」，趙書蓋善於比事也。

錢大昕《廿二史考異》，由《史》《漢》以迄金元，就史書內容「反覆校勘」（序）王鳴盛的「《十七史商榷》，上起《史記》，下迄五代史書，「商度而揚榷」也，且「猥以校訂之役，穿穴故紙堆中，實事求是，庶幾啟導後人」（序），難怪梁啟超言錢、王二人皆為「狹義的考證」。甌北則教導吾人「蒐求抽象的史料之法」，善於「屬辭比事」（連綴文辭，排比史事），換言之，甌北善於比較歸納法的，不止於考證而已。

乙、政治人物及政治手段的評析

（一）評論帝王、后妃

甌北富《春秋》精神，《廿二史劄記》中，「筆伐」「筆削」，不論帝王、后妃，言行不當，都加以無情的揭露，如《劄記》卷三頁七，「婚娶不論行輩」條，言漢惠帝后張氏，帝之甥而為妻；哀帝后傅氏，以姪女為妻。更壞的，如同卷「漢諸王荒亂」條云，燕王劉定（國）與父康王姬姦，衡山王孝與父侍婢姦；趙太子丹與同產姊及王後宮亂。……卷十一「宋齊多荒主」條云：宋少帝義符之乖戾，前廢帝業子納其姑新察公主，並裸湘東王或入地坑中，令左右淫建安王休仁生母楊太妃，毆捶山陽王休祐；而山陰公主，置面首（男寵）三十人；後廢帝昱，擊殺路上無辜；齊廢帝鬱林王與左右無賴二十餘人，共衣食臥起，妃何氏，擇其中美者，皆與交歡。……又如卷十五，「北齊宮闈之醜」，言北齊神武在時，鄭妃已通於文襄，及歿後，蠕蠕公主亦為文襄所烝，文襄后又為文宣所污，文宣后又為武成所污，武成后胡氏，當武成時，已與閹人褻狎，通和士開，入周後，恣行奸穢。

（二）評論人臣：

甌北敢於評論帝王、后妃、對於文武大臣，亦秉《春秋》大義精神，以褒以貶。如《箚記》卷二，「武帝三大將皆由女寵」云，衛青以后（衛子夫）同母（衛媼，與衛青父鄭季通）弟，見用為大將軍，霍去病為皇后姊（衛子夫姊少兒，與霍去病父霍仲儒通）子，見用為驃騎將軍李廣利以女弟（妹）為倡，幸於帝，帝用廣利為貳師將軍。甌北以為「三大將軍皆出自淫賤苟合，或為奴僕，或為倡優，徒以嬖寵進，後皆成大功為名將，此理之不可解也。」

又如卷三十四，「明鄉官虐民之害」，言揚士奇子稷、居鄉，嘗侵暴殺人。梁儲子次攄為錦衣百戶，居家時，與富人楊端爭民田，端殺田主，次攄、遂滅端家二百餘人。焦芳治第宏麗，數郡之民皆為所役。……等等皆是。

（三）補正史人物之不足

甌北讀過《廿二史》，知曉歷朝人物輕重，其功業顯赫，卻名不載史書中，甌北以為當補之。如《箚記》卷二「與蘇武同出使者」，除蘇武人盡知外，其他守節絕域者，如任敞使匈奴，郭吉留於單于，路充國亦為單于所留，此皆在蘇武之前。與蘇武同歸者，尚有馬弘。趙破奴與子定國，守節不屈，張騫亦留居匈奴十年，持漢節不失，崎嶇險阻，甚於蘇武。與蘇武同出使者，張勝為匈奴所殺，常惠亦在匈奴十九年，而同時隨蘇武還者九人，如常惠、趙終根、徐聖，然至今但稱武而已！此幸與不幸。

（四）政治手段

為達到統治目的，統治者利用各種政治手段來消除異己，像文字獄，用來統治思想最好手段。《廿二史箚記》卷二十六，「秦檜文字獄之禍」條云：

> 秦檜贊成和議，自以為功，惟恐人議己，遂起文字之獄，以傾善類。……但有一言一字稍涉忌諱者，無不爭先告訐，於是流毒遍天下。

秦檜兩據相位，凡十九年，以文字獄來「傾陷善類」，只要言語文字稍涉忌諱，即橫遭誣害，所以善類漸空，忠良漸絕！後來明太祖繼之，《廿二史箚記》，卷三十二「明初文字之禍」條云，明太祖「往往以文字疑誤殺人」，讀書人動輒被殺，此或即「明初文人多不仕」（亦卷三十二）的理由吧！至於有清一代，上承秦檜遺風、明祖遺法，變本加厲，大興文字之獄，「傾陷」漢人，推其原始，滿清不過襲漢人之法，以「漢」制「漢」而已！

丙、重視財政、經濟、教育，及刑罰等方面研究

甌北重視財政、經濟、教育，及刑罰等方面研究，如就財政、經濟方面說：《劄記》卷三，「漢多黃金」條云，漢高祖以四萬斤與陳平，使為楚反間；文帝即位，賜誅諸呂有功大臣，周勃五千斤，陳平、灌嬰各二千斤。梁孝王薨，有四十萬金。衛青擊匈奴，軍受賜二十餘萬斤等等，由此歸納「漢多黃金」。且言「後世黃金日少」（頁九至頁十），方法上，甌北用歸納法得「漢多黃金」是正確的，不過推論「後世黃金日少」有待商榷。在卷三十頁十有「元代專用交鈔」（紙幣）云：

> 交鈔之起，本南宋紹興（高宗一一三一—）之初，造此以召募商旅，為沿邊糴買之計，較銅錢易齊，民頗便之。……金章宗時亦以交鈔與錢並行。……

講交鈔通行情況，十分清楚，不過，對於交鈔的起源，仍有待商榷。在《宋史、食貨志》：（脫脫等修，卷一百八十一，食貨志第一百二十四，食貨下三。）

交子（紙幣）之法，概有取於唐之飛錢。真宗時，張詠鎮蜀，患蜀人鐵錢重，不便貿易，設質劑（買賣）之法，一交一緡（絲也，以貫錢。一貫千錢），以三年為一界而換之，六十五年為二十二界，謂之交子。

依此說，唐憲宗（八〇六－八二〇）時代，以合券兌錢（飛錢），已是鈔法的開始。至宋真宗（九九八－一〇二二），張詠鎮守四川，以鐵錢重，私為券，發行紙幣，以便交易，則北宋已有交鈔之法。

甌北又關心教育，在《廿二史箚記》卷十五「北朝經學」云：

大概元魏時，經學以徐遵明為大宗，周、隋間以劉炫、劉焯為大宗。按《北史、儒林傳》，遵明講鄭康成所著《易》，以傳盧易裕、崔瑾，是遵明深於《易》也。《尚書》之業，遵明所通者鄭注之今文，後以授李周仁等，是遵明深於《尚書》也。……

北朝經學，元魏時以徐遵明為大宗，周、隋間則以劉炫、劉焯為大宗，其餘治經者，亦皆能著書立說，以開後學。蓋北朝帝王極力提倡，命授諸皇子經，並徵通經學之人為諸王師，是以研究經書蔚然成風。而南朝經學又如何呢？甌北（《箚記》卷十五，頁三）云：

南朝經學本不如此，……《齊書、劉瓛傳》謂：晉尚玄言，宋尚文章，故經學不絕。齊高帝少為諸生，即位後，王儉為輔，又長於經禮，是以儒學大振。……

南朝帝王，除梁武帝開王館、置博士，以五經教授，經學極盛一時外，其餘諸帝或尚玄談、或好詞章，儒家經學漸趨式微。又在《箚記》卷十二，頁一，「齊梁之君多才學」中提到，蕭梁父子才學，「獨擅千古」，簡文帝「篇章詞賦，操筆立成」，帝王之文采風流，其他朝代難以比擬。

在刑罰方面，如《箚記》卷三「武帝時刑罰之濫」，言杜周原為南陽守，放縱爪牙，後事張湯至御史、廷尉，「專以人主意指為獄」，不論官職高低、距離遠近，動輒得咎，只要一牽連，或數十，或數百，有時「奉令」收押牢獄人犯，增至「十有餘萬」（《史記》原文：十萬餘人），可見當時「刑罰之濫」！在「後魏刑殺太過」（卷十四），言後魏專以刑殺為政令；「五代濫刑」（卷二十二），雖然五代刑罰不及漢代「濫」，畢竟還是「濫刑」。至於族誅之法，本起於秦（卷十四），一人有罪，害及無辜，此濫刑、濫殺，秦漢以來未曾消滅（除漢文帝外），至後魏有夷五族者，可見古代專制之「族誅」慘無人道！

丁、社會禮儀、風俗及建築等方面探究

在《陔餘叢考》卷三十一有〈同姓為婚〉〈交婚〉（交互為婚，親上加親），〈指腹為婚〉、〈劫婚〉、〈初婚看新婦〉、（新婚三日內，不問親故，皆可看新婦），〈冥婚〉、〈拜堂〉、〈婦人拜〉等篇，《廿二史箚記》卷十五有「財婚」條，此皆與婚姻制度有關。譬如「劫婚」條（《陔餘叢考》卷三十一頁四）

> 村俗有以婚姻議財不諧，而糾眾劫女成婚者，謂之搶親。《北史、高昂傳》：昂兄乾，求博陵崔聖念女為婚，崔不許，昂與兄往劫之，置女村外，謂兄曰：何不行禮？於是野合。是劫婚之事，古亦有之，然今俗劫婚，皆已經許字者，昂所劫，則未字，因不同也。

劫婚，即搶親。甌北所舉《北史、高昂傳》，昂與其兄乾搶親事，以為古已有之，與清代許字後劫婚不同。《易經、屯卦、六二》有「屯如邅如，乘馬班如，匪寇，婚媾」，又《賁卦、六四》云：「賁如皤如，白馬翰如，匪寇，婚媾。」知搶親遠古已有。

又如「尚左尚右」習俗，《陔餘叢考》卷二十一頁八云：

大抵三代以上，朝班官序，本皆尚左，惟燕飲之事，沿鄉飲酒禮，以右為尊，其後相習為常，遂一概尚右。至六朝，官序已上左，而燕席猶尚右也。唐時朝制尚左，尤為明證。……

尚左、尚右本無一定道理，大體說來，歷朝以尚左多，尚右少（惟漢、元而已）。古人以尚左多吉，尚右主凶。《老子》有云：「居則貴左，用兵則貴右」；「吉事尚左，凶事尚右」。

甌北《陔餘叢考》卷十七頁二，又有「六朝重氏族」，以為「魏以來，選舉多用世族，下品無高門，上品無寒士」也。

至於各地民俗災異，甌北也多關注，如《簷曝雜記》卷四「甘省陋俗」，記載甘肅省男女之間關係，兄死弟妻嫂，弟死兄妻其婦。同姓惟同祖以下不婚，過此則不論；並有兄弟數人合娶妻者，或輪夕而宿，或白晝有事，輒懸裙於房門，即知迴避。

在災異迷信方面，甌北在《廿二史劄記》，卷二有「漢儒言災異」、「漢重日食」、「災異策免三公」，卷八有「相墓」，卷二十有「長安地氣」，以知曉古人迷信思想。

戊、檢討史書得失

甌北史學的成就，包括補正史書的疏漏，端正史書的錯誤。先就補正史書的疏漏，如《陔餘叢考》卷五有「《史記》闕文，《漢書》衍文」條，《廿二史箚記》卷四有「《後漢書》間有疏漏處」條，云《光武本紀》中，未言建武十六年，民變由田畝分配不均而起釁。又言《光武本紀》中，光武年六十二，應改作六十四。

就端正史書錯誤言，如《廿二史箚記》卷六有「《三國志》誤處」，《陔餘叢考》卷六有「《晉書》舛訛」。又《陔餘叢考》卷六有「《宋書》敘事及編次俱有失檢處」，同卷有「《梁書》編次失當」，同卷又有「《梁書》多載蕪詞」，「《魏書》蕪冗處」。《叢考》卷八有「「《南史繁簡失當處》」等等。

至於史書之優點，如《廿二史箚記》卷二十七，「遼史立表最善」，言其體例完善，在於立表之多，表多則傳自可少。又《箚記》卷三十一「明史」條云：近代諸史，除歐陽公《五代史》外，《遼史》簡略，《宋史》繁蕪，《元史》草率，惟《金史》行文雅潔，然未有《明史》之完善。

甌北運用科學方法治史，分析政治人物、政治手段、重視金融、財政、教育、刑罰、社會禮儀、風俗、檢討正史得失，其學識之淵博，非等閒一般研究史者可以企望。日本東京帝國大學史學家以投票方式選出中國最偉大的史學家，甌北是其中之一。

甌北詩論亦主性靈。〈論詩〉絕句有：「滿眼生機轉化鈞，天工人巧日爭新；預支五百年新意，到了千年又覺陳。」又，「李杜詩篇萬口傳，至今已覺不新鮮；江山代有才人出，各領風騷數百年。」重創新。亦重「隻眼須憑自主張」，有真情、真見為主。其詩論主要著作是《甌北詩話》。少數詩論散見於《廿二史箚記》、《陔餘叢考》及《甌北詩鈔》等書。《甌北詩話》原以唐宋以來十家詩論，包括李白、杜甫、韓愈、白居易、蘇軾、陸游、元好問、高啟、吳偉業、查慎行，皆一一排比論述。後稍有增補。像韋應物、杜牧、皮日休、梅堯臣、蘇舜欽、黃庭堅等都是。將明清詩人承繼唐宋，獨具眼光。而《甌北詩話》成為中國最早的詩歌評論史。

性靈詩

袁枚詩近七千首，趙翼五千餘首，蔣士銓四千九百餘首，「旗鼓相當」。袁枚《隨園詩話》卷十二頁十一：

戊寅二月過僧寺，見壁上小幅詩云：「花下人歸喧女兒，老妻買酒索題詩。為言昨日花纔放，又比去年多幾枝。夜裏香光如更好，曉來風雨可能支？巾車歸若先三日，飽看還從欲吐時。」詩尾但書「與內子看牡丹」，不書名姓，或笑其淺率。余曰：「一片性靈，恐是名手。」

又，《隨園詩話》卷十四頁六：

漢軍劉觀察廷璣，號葛莊，康熙間詩人；或嫌其詩過輕俏，然一片性靈，不可磨滅。〈漁家〉云：「一家一個打漁舟，結個姻盟水上浮；有女十三郎十五，朝朝相見只低頭。」〈偶成〉云：「閒花只好閒中看，一折歸來便不鮮。」

又，《隨園詩話補遺》卷四頁二：

偶理舊書，得尹似村斷句云：「有月燈常緩，多餐睡過遲；愁添雙鬢雪，怕憶少年時。」蓋是似村在京師寄詩囑批，……又摘其〈贖出典裘〉斷句云：「老妻見故衣，開箱色先喜；姬人持熱升，殷勤熨袖底。無奈縐痕深，熨之不肯起。」獨寫性靈，清妙乃爾。

趙翼〈閒居讀書〉：

> 人面僅一尺，竟無一相肖。人心亦如面，意匠戛獨造。同讀一卷書，各自領其奧。同作一題文，各有天在竅。乃知人巧處，亦天工所到。所以才智人，不肯自棄暴。力欲爭人乘，性靈乃其要。

又，〈浸興〉：

絕頂樓臺人倦後，滿堂袍笏戲闌時。與君醒眼從旁看，漏盡鐘鳴最可思。

而蔣士銓〈擬秋懷〉詩云：

文字何以壽？身後無虛名。元氣結紙上，留此真性情。讀書確有得，落筆當孤行。……

以上等等皆性靈之作。

111 袁枚（1716-1797）與《隨園詩話》
——南京大學文學院講稿

前言：民國九十八年（2009）十一月，東海大學中文系與南京大學文學院學術交流，我應邀發表此篇論文，茲將內容綱要刊出。

◎詩話的內容

詩話是用筆記體寫成的，有關詩學方面理論與資料性質的作品。

（一）記事：以記述與詩人相間之事為主。（偏向文人間事）

（二）論辭：就詩人之作品來做討論。（偏向文學理論）

詩論的最早起源

（一）六朝：鍾嶸《詩品》（《文史通義．詩話》）

特點：是最有條理、有次序地來介紹詩的思想淵源、風格，喜用白描。且將詩分為上中下三品。

（二）唐：皎然《詩式》，約作於中唐貞元年間（785－804）

特點：論詩主真性情、風流自然，標舉十九體論風格。

（三）唐：司空圖《詩品》（或稱《二十四詩品》）

特點：將詩分成「雄渾」、「沖淡」等二十四品類。

◎詩話的名稱

最早起自歐陽修（1007－1072），其作品《六一詩話》（原名《詩話》，「六一」為後人所加）。屬記事類，以閒談詩人之事為主。其後，司馬光（1019－1086）有《續詩話》，及劉攽（1023－1089）的《中山詩話》，原都稱「詩話」，以後詩話名稱漸普及。

◎詩話本身，就形式而言，分為無系統、有系統二類型

（一）無系統

分卷分則，隨意安排。如《六一詩話》、《溫公續詩話》。與《六一詩話》相較，《溫公續詩話》三十一則，有二十餘則按人條列，分別品評了惠崇、鄭文寶、鮑當、林逋、魏野等人詩作，一人一則，書中體例，為往後開了新路。

（二）有系統

分門別類、標綱立目

舉例而言，即是整理前人詩學理論、創作方法、成詩動機、思想淵源、詩中內容、文學主張創作……等將之歸納。

如：王昌會《詩話類編》：將詩話分成各類，如帝王、君臣、詩評……等多種項目。

臺靜農《百種詩話類編》：將許多詩話前編分成作家類；後編分成詩論，歷代詩評論，體製類等等。

許啟櫟《分類古今詩話》：分成天象類，時令類，地理類等等。

可知詩話搜集資料豐富，有如百科全書。

其他如：鍾嶸《詩品》、張戒《歲寒堂詩話》，是有系統的詩論作品。

目前大陸吳文治所編的《宋詩話全編》（江蘇古籍），收562家；《明詩話全編》（江蘇古籍），收722家，所收錄詩話總類最多。

（三）特殊形式

例如有印「圖譜」的方式，即用圖譜來表達詩話的功能

如：雙聲、疊韻的聲韻圖譜

詩話的意義

（一）許顗《彥周詩話》（成書於1128年）：

詩話者，辨句法、備古今、紀盛德、錄異事、正訛誤也。若含譏諷，著過惡，誚紕繆，皆所不取。

側重論事

（二）清・吳琇《龍性堂詩話序》：
所謂詩話者，以局外之身，說局內的話者也。
指評論工作，立論平、客觀深
（三）郭紹虞《清詩話前言》：（屬狹義詩話的定義）
應當是有關詩的理論的著作
側重在論辭

詩話起源之說法

（一）起源於上古
1. 何文煥：起源於三代（夏商周）《尚書・虞書》
2. 姜曾《三家詩話序》：吳札觀樂，不廢美譏；子夏序詩，並論哀樂：即詩話之濫觴也。認為起於春秋戰國。
（二）起源於鍾嶸《詩品》：將漢至梁122位詩人，分成上中下三品。
章學誠《文史通義・詩話》（這是由詩論的角度來看。）
（三）起自於本事詩
羅根澤《中國文學批評史・詩話》：「本事詩是詩話的前身。」

（四）出自於詩律之細（辨正句法）

吳琇：就詩中的字句來仔細推敲詩中的涵義、字句的變化，因而產生詩話

如：杜甫詩偏向格律，是就詩的內容來辨其句法。

總之，詩話的產生，應是由於：

（一）對古典詩的內容有不同見解和討論

詩話的產生自古典的詩論發展出來，如對古典詩有不同見解，包括對詩的內容有種種意見、討論，從不同角度對詩作解讀。

（二）形式（體製）受六朝筆記小說、內容受本事詩所影響

（三）受民間詩話影響

如：《大唐三藏取經詩話》是較早的話本，屬民間文學；在此的取經詩話為詩歌的故事，非宋朝人所言的詩話，二者意義不同。

◎詩話演進簡述

（一）北宋（最早）：內容以閒談（敘事）為主

歐陽修《六一詩話》是中國的第一本詩話，歐陽修的寫作原意為輯集以前舊作，「以資閒談」，因此體製上也較為草率；但因其體例為後人所仿效，意外造成日

後作詩話的體例。

（二）南宋：仍以閒談為主者多

大部分仍是承襲歐陽修閒談記事的詩話系統（記事）。

少部分對詩話有所改變者（論辭），如張戒《歲寒堂詩話》、姜夔（155?－1221?）《白石道人詩說》和嚴羽的《滄浪詩話》，走向系統化。

（三）元、明：因環境轉變，鍾派大盛

元：文人地位低落，因恐文化失傳，故有許多關於詩學的書籍（如楊載的《詩法家數》）。

明：擬古風氣盛行，為了有效地模仿古人詩作，故而出現許多系統性的詩話，且專言詩格、詩法之書受到重視，於是鍾派興盛。

（四）清：文學社團多，文學見解豐富

因為恐懼文字獄，故清代社團幾乎沒有政治色彩，只是單純以文會友。由於藝文活動興盛，對文學創作的見解也較多，譬如王漁洋提出「神韻說」、袁枚的「性靈說」、沈德潛的「格調說」、翁方綱的「肌理說」等。因樸學發達，重考據，影響詩論。如紀昀、杭世駿、李調元等。

（五）民國：偏向鍾派較多，論詩較專業化，有思想系統性

詩話的分派

（一）就其內容分類

1. 歐陽派（歐陽修）

本派詩話有歐陽修《六一詩話》、司馬光《溫公續詩話》、吳偉業《梅村詩話》、王士禎《漁洋詩話》、袁枚《隨園詩話》、毛奇齡《西河詩話》、郭麐《靈芬館詩話》等書。

2. 鍾派（鍾嶸）

較有系統，偏重內容的討論。鍾派的詩話有葉夢得《石林詩話》、張戒《歲寒堂詩話》、姜夔《白石道人詩說》、嚴羽《滄浪詩話》、王若虛《滹南詩話》等書。

（二）就其詩學主張類型觀點分類

1. 道德批評派

以儒家「溫柔敦厚」的詩教為主、將詩教條化的呈現，如沈德潛。

但詩的功用在表達感情，不必然要溫柔敦厚。

2. 社會批評派

主張詩歌應反映社會現實而創作，如元稹、白居易新樂府類的詩。

3. 性靈批評派

強調要表現真性情，即不須刻畫而完全能表達作者的真性情，如鍾嶸、楊萬里（1127-1206）、公安三袁，以及袁枚性靈說都是。

4. 格律批評派

重視詩的形式、格律，講求平仄、句法、對偶、辭藻，如明代前後七子。

5. 審美批評派

強調藝術本質、著重審美欣賞，以鑑賞角度作詩論的基礎，如王漁洋（1634-1711）「神韻說」、王國維（1877-1927）「境界說」。

6. 說理派

說理的詩，如陶淵明〈飲酒詩〉借飲酒為題，說明人生道理；又如寒山子、拾得，詩以樸實的文字來表現人生百態；阮籍〈詠懷詩〉也屬此類。

7. 記事派

以故事為主體來敘述，如〈上山採靡蕪〉、〈陌上桑〉、〈孔雀東南飛〉、蔡琰〈悲憤詩〉。

清代詩歌的詩歌創作是繼唐宋之後另一中興之盛世，且喜歡談論宗派，在眾多的復古潮流中，除了各立門戶之外，各家的詩學也不盡相同。清人論詩喜歡總結前人眾多不同的主張，因此各家理論往往兼古人之長。先後有王夫之（1619-1692）的《薑齋詩話》，主詩以意為主。情景並重。又，葉燮（1627-1703）的《原詩》，是一部不同於漫談式的專門性著作，《原詩》是一部完整有系統的純理論著作，在寫作方法上繼承嚴羽的《滄浪詩話》。又如王士禛（1634-1711）有《漁洋詩話》、《唐賢三昧集》等書，繼承鍾嶸《詩品》，嚴羽《滄浪詩話》等，提倡神韻。但在清代詩壇影響最大的詩話作品要算是袁枚的《隨園詩話》了，《隨園詩話》雖仍是以隨筆式的漫談為主，但是其詩學理論自成系統，除了論詩記事以外，尚大量的採錄許多詩人的性靈之作，使《隨園詩話》同時具有詩化與詩選的功能，在當時可說是一部集大成的作品。此次演講擬對《隨園詩話》之性靈說詩論之要點作一介紹，期以對性靈詩論有更進一步之認識。

一．詩本性情

袁枚認為詩的生命便是在性靈，古今所有的好詩，都是因為其中有詩人的真性情所致，而真性情不假外求，只要求自我作詩有真性情的流露即可。他曾說：「自《三百篇》至今日，凡詩之傳者，都是性靈，不關堆垛。」[1]這種性情概念在前人已有提出，如鍾嶸言：「陶

[1] 袁枚《隨園詩話》卷5頁4，台北：廣文書局，1971年，本文以《隨園詩話》為主，下引《隨園詩話》同，皆在正文後括弧註明卷頁，不贅。

性靈」、顏之推說：「陶冶性靈」；而袁枚也特別的強調性情之說，認為詩歌創作的一切基本就是在於人的真性情，在《隨園詩話》卷一中開宗明義便說：

楊誠齋曰：「從來天分低拙之人，好談格調，而不解風趣，何也？格調是空架子，有腔口易描；風趣專寫性靈，非天才不辦。」余甚愛其言。須知有性情，便有格律；格律不在性情之外。《三百篇》半是勞人思婦，率意言情之事；誰為之格？誰為之律？……（卷一頁一）

在此所言的「性情」，與其前面提到「凡詩之傳者，都是性靈，不關堆躲。」卷六頁九所言「詩者，人之性情。」均是相同的意義，主要是在表明袁枚性靈說的內涵是強調真情為詩歌創作的主要基礎，沒有真切的感情變沒有詩人與優美的詩篇了。有關於詩本性情的概念尚包含了若干的論點，分述如下：

（一）詩歌創作之首要在真性情

袁枚認為人的感情是詩歌的主要來源，他引周櫟園論詩：「詩以言我之情也。」（《隨園詩話》卷三頁二）又在《隨園詩話・補遺》云：「詩者，人之性情也，近取諸身而足矣。」（卷一頁一）〈答蕺園論詩書〉云「詩者，由情生者也，有必不可解之情，而後有必不可朽之詩。情所最先，莫如男女。」[2]由此可以看出袁枚認為「性情」為詩人創作之首要，他在〈答曾南邨論詩〉一文中提到：「提筆先須問性情。」[3]便是認為在性情之外便無詩的存在，《隨園詩話》卷一第二則引：「許渾云：『吟詩好似成仙骨，骨裏無詩莫浪吟。』」（卷一頁一）此即是言明詩人心中必須要有真情作為基礎，有性情則信手拈來皆佳詩，心中無真性情則便須擱筆避免矯揉造作。詩人須有真實之情感，才可以成就不朽之詩句語篇章。

袁枚此一理論受到晚明以來文章推崇性靈真性的影響，在其詩歌理論中我們可以看到袁枚吸收了李贄的「童心說」，而在《隨園詩話》卷三提到：「余常謂詩人者，不失赤子之心者也。」（頁三）此處所言之「赤子之心」指的是李贄所謂之「童心」。袁中郎，王陽明，顧炎武等，都有同樣看法。詩人若保有赤子之心，則便會有真性情，對凡事都有強烈及敏感的感受，而不受到世俗的成見影響有偏失，因此可以見人之所未見，發人之所未言，詩人長保赤子之心，才可以成就不朽的功業，如孟子就曾說：「大人者，不失其赤子之心者也。」[4]

2 袁枚《小倉山續文集》卷30，頁2，台北：中華書局，1970年。
3 袁枚《小倉山房詩集》卷4頁9，台北：中華書局，1970年。
4 漢趙岐注《孟子・離婁下》頁3，上海古籍出版社據四部叢刊景印本校刊。

因此，袁枚論詩首重詩人是否可以保有真性情，詩人心中須有一敏銳的情感衝擊，而後才可以進行詩歌的創作，這也近似於《毛詩・序》中所提到的：「情動於中而形於言，言之不足，故嗟嘆之，嗟嘆之不足，故永（詠）歌之，永（詠）歌之不足，不知手之舞之，足之蹈之也。」[5]

除了要求詩人要長保赤子之心以外，袁枚尚注重詩人由平日生活中所感受到的種種生活經驗。袁枚所強調的並不光是內心神韻性情之靈思，他同時也注重客觀生活對於性情之間的影響，袁枚認為缺乏親身經驗是極難寫出令人動容之篇章的，唯有親身體驗，才可以成就性情上的真實表現[6]。又如李後主在亡國前便已常有赤子之心，但在亡國之後體驗到了人生的苦楚，世態之悲愁，所謂「直以血書」，如此才可成為古今無雙的大詞人。有鑒於此，袁枚認為吾人作詩應以童子為師，因為童子涉世未深，尚可保有純真之性，可以啟迪詩人之詩情，《隨園詩話》中言：

少陵云：「多師是我詩」，非止可詩之人而師之也，村童牧豎，一言一笑，皆吾之師，善取之皆成佳句。隨園擔糞者，十月在梅樹下報喜云：「有一身花矣。」余因有句云：「月

5 鄭氏箋《毛詩・國風》卷第一頁上，上海古籍出版社據四部備要本校刊。
6 參王建生《袁枚的文學批評》第四章〈袁枚的文學批評〉，頁242起，如〈答沈大宗伯論詩書〉云：「性情遭際，人人有我在焉，不可貌古人而襲之，畏古人而拘之也。」又，〈答王夢樓侍講〉稱：「詩宜自出機杼，不可寄人籬下。」等等。台北：聖環圖書公司，2001年。

映竹成千個（个）字，霜高梅孕一身花。」余二月出門，有野僧送行曰：「可惜園中梅花盛開，公帶不去。」余因有句云：「只憐香雪梅千樹，不得隨身帶上船。」（卷二頁一）

由此則可以看出，童子野僧之與出於自然，而詩人得其啟發而稍作曲折即為佳句，也在表示詩人除了要有真性情之外，也必須要由人生的各方面吸取靈思與材料，方能成就詩學之不朽功業。

（二）詩歌內容主要為真性情之表現

前面提到詩歌的創作基礎是在詩人心中有真切的情感與敏銳的觀察力，如此詩人才可以創造出美好的詩作，這也意味者在性靈說理論中所標舉的佳詩必須是要言之有物，真情流露的詩作。陸機在〈文賦〉中說道「詩緣情而綺靡」，此便是強調詩主要是以寫情為主，這與性靈說的詩學理念相同，在《隨園詩話》中袁枚也提到：「詩者，人之性情也。」（卷一頁一）。又說「性情以外本無詩」[7]即表示詩是具有容納真實思想與真實情感的藝術作品，袁枚引王陽明先生曰：「人之詩文，先取真意，譬如童子，垂髫肅揖，自有佳致。」（卷三頁二）

此即是袁枚對於詩的內容要求，用意便是在於要將詩學由處處擬古，重視形式格律中抽

[7] 袁枚《小倉山房詩集》卷26頁14，台北：中華書局，1970年。

離出來，只以性情論詩，而不參雜造作之情。

袁枚認為最可以作為性靈詩的代表的便是《國風》與盛唐之詩，他說：「凡詩之稱絕調者，其詞必不拗，國風、盛唐是也。」袁枚認為《詩經》是詩歌書寫性靈的最佳例證，他在《隨園詩話》不只一次的提到《詩經》的重要性，例如：

（1）《三百篇》稱心而言，不著姓名，無意於詩之傳。（卷三頁二）

（2）自《三百篇》至今日，凡詩之傳者，都是性靈，不關堆垛。（卷五頁四）

（3）《三百篇》不著姓名，蓋其人直寫懷抱，無意於傳名，所以真切可愛。（卷七頁五）

（4）無題之詩，天籟也；有題之詩，人籟也。天籟易工，人籟難工，《三百篇》《古詩十九首》皆無題之作。（卷七頁六）

（5）《三百篇》專主性情。（卷十四頁十一）

（6）「聖人編《詩》，先《國風》而後《雅》、《頌》，何也？以《國風》近性情故也。」（《詩話補遺》卷二頁七）

在此所謂《三百篇》是《詩經》代稱，袁氏真正指的是富於真情的《國風》之作。這是因為《國風》之中的作品大多都是「飢者歌其食，勞者歌其事」的性情之作，正印證了詩歌寫作與真實性情的抒發是有絕對關聯的，在《隨園詩話》云：「〈關雎〉為《國風》之首，即言男女之情。」（卷一頁五），因為男女之情，出自於真情。又，在《隨園詩話‧補遺》中他說：「聖人編詩，先《國風》而後《雅》、《頌》，何也？以《國風》近性情故也。」（卷二頁七），不過，今天看來，《詩經》內容，是否先《國風》而後《雅》《頌》，恐怕有待商榷。

一味的擬作詩歌，只會使詩歌真情全失，索然無味，他曾批評：「抄經」、「抄書」，對於創作，毫無意味。袁枚是相當反對後人補作古人之詩作的，在《隨園詩話》中論補詩之論云：「凡古人已亡之作，後人補之，卒不能佳，由無性情故也。東晳補〈由庚〉，元次山補〈咸英〉〈九淵〉，皮日修補〈九夏〉，裴光庭補〈新宮〉〈茅鴟〉；其詞雖在，後人讀之者寡矣。」（卷二頁一）。非古人之時而要強為古人之言，沒有古人的真實感受而要硬作古人之情感，這都是性靈說所不取而認為是「骨裏無詩」的浪吟之作。對此，性靈說主張詩只以工拙之別，而無古今之分，袁枚以為一個時代一個時代的文學，而不該有古今的區別，他說：「論詩只論工拙，不論朝代。」[8]由此可知，袁枚論詩是以詩的真情與工拙來評斷詩作的高下，而不是以時代作為準繩。他反對明代喜將詩分為四唐、唐宋、兩宋之別，一個時代

[8] 同上，卷16頁1，引徐朗齋（嵩）語。徐嵩（朗齋）在《隨園詩話》尚有多處徵引。參王建生《隨園詩話中清代人物索引》頁97，台北：文津出版社，2005年7月。

的文化、政治、經濟各有不同，文學的發展風格也都不一樣，若是空言時代，以一唐一宋作為評論的標準，豈不失之偏頗？因此在性靈說的理論之下，唯有以真切情感為內容的詩歌作品，足可稱為佳詩，而所有千古不朽的詩作，必定是要情動於中，並且言之有物的真性情之作。

二・詩貴有我

袁子才論詩既以性情為本，便表示詩中須處處有「我」之存在，即是詩作必須要有詩人之個性，主性情既是性靈說詩論的主要核心，那麼強調個人的個性也就是必然之事了；公安袁中郎嘗謂：「大都獨抒性靈，不拘格套，非從自己胸臆流出，不肯下筆。」[9]袁枚繼承公安三袁的理論而來，自是對個人的性情極為重視，強調詩作應該有獨創性與個性化，因而提出了「著我」之觀念，期以獨抒自己的心懷，用自己的性情寫詩，完成真正的詩文。

（一）詩人真性情

所謂的「著我」便是要強調詩人特有的個性，以自己真正個性、心思寫出來的作品，才可以算做是詩文。人天生就各有不同的個性，加上後天的身世、遭遇等等不同的境遇之不

9 袁宏道《袁中郎先生全集》卷10，〈敘小修詩〉，頁2，道光九年梨雲館類定。

同，表現在詩文的寫作上，自然會有不同的風格與特色，也因為這樣的相異性才成就了個人主體的存在，這是不必要去強求達到統一與一致的：所謂：「杜陵不喜陶詩」，「歐公不喜杜詩」是因為：「人各有性情。」（《詩話・補遺》卷一頁一）

由此作為出發點，袁氏認為詩人表現自己的個性，以「陶詩甘」，「杜詩苦」，「歐詩多」的特色。要處處有我而不可有他人，他說：「凡作詩者，各有身份，亦各有心胸。」、「詩有人無我，是傀儡也。」這是《隨園詩話》之重點所在，在於「有我」所以《續詩品》有的「著我」，注重著強調藉由自己的功夫表現出獨特的思想與精神，《隨園詩話》提到：

詩占身分，往往有之。莊容可未遇時，〈詠蠶〉云：「經綸猶有待，吐屬已非凡」。後果以狀元致官亞相。唐郭代公元振〈詠井〉云：鑿處若教當要路，為君常濟往來人。亦此意也。（卷七頁九）

又：

人閒居時，不可一刻無古人；落筆時，不可一刻有古人；平居有古人，而學力方深；落筆無古人，而精神始出。（卷十頁七）

作詩有我，才能自有主張，不受牽絆；而詩人的身分與心懷個異，於同一題材所反映出來的結果也會各自不同，漪香夫人語多華麗之風，中丞則有仁厚大量之感，而詞客嚴冬友詩則有善感之特色。此即便是個人在性情、個性尚之差異，也就是詩文的真正精神所在，所以袁枚說：「歐公學韓文，而所作文，全不似韓，此八家中，所以獨樹一幟也。」（卷六頁三）詩人既有自我的個性存在，則不必囿於詩法的框架之中，而限制自己本身性情的發揮，袁枚說：「詩者，各人之性情耳，與唐宋無與也。若拘拘焉持唐宋以相敵，是子之胸中有已亡之國矣，而無自得之性情，於詩之本旨已失之矣。」[10]此即是在於強調詩人須發揮自己個性之重要，萬萬不可以他人之性格來拘束牽絆自己的真性情，否則只會扼殺自己的真性情，成為別人的傀儡。可見詩人詩中有我的重要，詩中有我，才可以另闢蹊徑，成一家之言。此即是性靈說的重要內涵所在。

（二）詩貴獨創

詩貴有我的進一步層次便是要求詩的創作要有個人的表現與獨創性。獨創性是由詩人的個性而來的，詩人具有獨立的思想、生活經驗，憑藉著自身對於生活的感受及美感經驗進

[10] 袁枚《小倉山房詩集》卷17〈答施蘭垞論詩書〉頁7，版本同前。

行創作，進一步的產生獨具一格的藝術作品。自古中國文學便時常要求文學應有所創新，如陸機在〈文賦〉中便提到文學創作必須要「謝朝華於已披，啟夕秀於未振」，即是言明了作文必須要有獨創，才可以有抒發性靈，令人耳目一新之感。袁枚接受了這樣的觀念，提出了「但須有我在」的觀念。作詩須有我在，即是表示詩人必須要有我獨特的性格，袁枚在《隨園詩話》中說：「陸鈛曰：『凡人作詩，一題到手，必有一種供給應付之語，老僧常談，不召自來。若作家必如謝絕泛交，盡行麾去，然後心精獨運，自出新裁……』」（卷七頁十）要達到「心精獨運，自出新裁」則必須要做到「務去陳言」的境界，用新鮮的語言字句來表現胸中的心意，才算是真正的獨創，他說：

司空表聖論詩，貴得味外味；余謂今之作詩者，味內味尚不能得，況味外味乎？要之，以出新意去陳言為第一著。〈鄉黨〉云：「祭肉不出三日，出三日則不食之矣。」能詩者，其勿為三日後之祭肉乎？（卷六頁六）

又：

左思之才，高於潘岳，謝朓之才，爽於靈運，何也？以其超雋能新故也。齊高祖云：

「三日不讀謝朓詩，便覺口臭。」宜李青蓮之一生低首也。（《補遺》卷十頁一）

詩人以新意新辭所作出的詩，具有獨創性的作品，一如謝朓作品可以脫離當時玄言詩的羈絆，創作出令人耳目一新的詩作，這便是詩貴獨創，詩中有我的最佳例證了。由是，詩人特有的個性以及藝術獨創性是性靈說中相當重要的因素，此點與王士禎標舉的「清奇」、「淡遠」不盡相同；袁枚的「著我」在層次上更為廣泛、通達，他說：

人問余，以本朝詩誰為第一？余轉問其人，《三百篇》以何首為第一？其人不能答。余曉之曰：「詩如天生花卉，春蘭、秋菊，各有一時之秀，不容人為軒輊。音律風趣，能動人心目者，即為佳詩，無所為第一第二也……」（卷三頁一）

詩人詩中有我，而我的面目自是各有千秋，不一相同，也唯有如此，詩人才可以毫無牽絆的發揮自我的個性與思想，真正達到詩人有我及詩的獨創性。

（三）詩貴空靈、機靈

有關詩貴「空靈」、「機靈」，在本人《袁枚的文學批評》第四章《袁枚的文學批評》

頁251起，引用《隨園詩話》詩例說明，介紹頗為仔細。例如《隨園詩話》卷十三頁十，袁枚引嚴冬友曰：「凡詩文妙處，全在於空」。以為詩當空靈為佳。又引「孔子曰：「『剛毅木訥，近仁。』余謂人可以木，詩不可以不也。」（卷十五頁七）以為詩當以機靈。用「空靈」、「機靈」詮釋性靈說的「靈」字最好。相反的，缺乏性情與靈機的作品不算好作品。袁枚在〈錢璵沙先生詩序〉云：「今人浮慕詩名，而強為之說，既離性情，又乏靈機，轉不若野氓之擊轅相杵，猶應《風》《雅》焉。」[11]可見「性靈」的意思，除了作者要表達真性情外、創作須靈感，且要有空靈、靈機是不可或缺的。

（四）反擬古，反格調

創新與擬古是雙雙對立的，凡事強調新意、有我、獨創的性靈說自是與擬古、復古一派是勢不兩立的。作詩之人若是以唐宋詩「尺尺而寸寸」的模擬，處處羈絆自己，限制自己的性情，只是會扼殺自己的創作。清初的詩界或宗唐或宗宋，各有其宗派與家法，但大多都無法脫出明代擬古之風氣，皆是已唐宋為本的公式化運用，對此袁枚是大力反對的：

[11] 袁枚《小倉山房續文集》卷28頁1，版本見前。

詩分唐宋，至今人猶恪守；不知詩者，人之性情，唐宋者，帝王之國號；人之性情，豈因國號而轉移哉？（卷六頁九）

又：

楊龜山先生云：「當今祖宗之法，不必分元祐與熙豐也，國家但取其善者而行之可也。」予聞人論詩，好爭唐宋，必以先生此語曉之。（卷七頁五）

由此可以知道袁枚是相當反對以朝代劃分詩作，並且空言朝代，泛分詩作，甚至以一唐一宋作為褒貶之準繩。他認為「竟似古人，何處著我？」在袁氏的眼中，無論詩宗唐或是宗宋，只要不是「詩中有我」的作品一律是不可取的，詩作並不是通古今不變的，有個性獨創的作品才是真正值得欣賞的好詩。因此，袁枚認為具有獨創性的寫作為「作詩」，擬古之寫作則為「描詩」，《隨園詩話》中說：

高青邱笑古人作詩，今人描詩。描詩者像生花之類，所謂優孟衣冠，詩中之鄉愿也。譬如學杜而竟如杜，學韓而竟如韓，人何不觀真杜真韓之詩，而肯觀偽韓偽杜之詩

乎？孔子學周公，不如王莽之似也。孟子學孔子，不如王通之似也。（卷七頁八）

然袁枚提倡反擬古的最大目的乃是在批評清代沈德潛的「格調派」，「格調派」崇尚明代格律之要求，是清代追隨明代七子復古運動的詩學宗派。「格調派」發揮七子所倡之「高古」、「清亮」之形式主義風格，進一步的強調詩的內容一定要符合「溫柔敦厚」的詩教。但是性靈說對這種徒具形式而空無內涵的格調詩是相當的反對的，袁枚說：「蔽於古而不知今，此學者之大病也。」從文學的發展上來看，性靈說認為明代七子與「格調派」詩人都是食古不化，尺尺而寸寸，守古法，不曉通變，《隨園詩話》中說：

明七子論詩，蔽於古而不知今，有拘墟皮傅之見……（卷三頁四）

又，

人悅西施，不悅西施之影；明七子之學唐，是西施之影也。（卷五頁九）

可見得袁枚認為「格調派」一味的依從格調規律，不講求意境、韻味之詩法是相當反對的。袁枚認為所謂的格調不過是違反性情的論說，《隨園詩話》中說：「余常謂美人之光，可以養目；詩人之詩，可以養心。自格律嚴而境界狹矣，議論多而性情漓矣。」（卷十六頁六）因此，以袁枚為首的性靈詩人對於「文必秦漢，詩必盛唐」之詩學理論是極度的反感而不接受的，他引楊誠齋（萬里）所言「格調是空架子。」（卷一頁一）又引周櫟園曰「多一分格調」，「必損一分性情」[12]

由此可見格調是有損於性情的流露，而有損於真性情的理論，即不能與性靈說相合，所以袁枚是極力反對以格律論詩的。

三・詩才

袁子才認為，詩人作詩除了要有真性情之外，尚必須要具有一定程度的詩才，才可以將情發揮到極致。性靈必須要有詩才的搭配，靈機才會產生，如此才可以生動順暢的書寫性靈與意境。

12 袁枚《小倉山房詩集》卷28頁2，引周櫟園之言曰：吾非不能為何、李格調以悅世也，但多一分格調者，必損一分性情。故不為也。又，《小倉山房續文集》卷28頁2，〈趙雲松甌北集序〉亦引此語，版本見前注。

（一）詩人須有才

袁枚論詩重視才情，如果說性為情的表現，那在袁枚的思想中靈就是才的顯現了，唯有才與情的相互配合運用，才可以體現性靈說之特色。情必藉由才而後可以發之。人的性情各不相同，才力亦然，因此才的大小高下，有得之先天，一有得之於後天；以詩作而言，袁枚就曾將詩才分為粗才、大才、奇才三種，《隨園詩話》中云：

人稱才大者，如萬里黃河，與泥沙俱下。余以為此麤才，非大才也。大才如海水接天，波濤浴日，所見皆金銀宮闕，奇花異草，安得有泥沙汙人眼界耶？或曰：「詩有大家，有名家，大家不嫌麤雜，名家必選字酌句。」余道作者自命，當作名家，而使後人置我於大家之中；不可自命為大家，而轉使後人屏我於名家之外。常規蔣心餘太史云：「君切莫老手頹唐，才人膽大也。」心餘以為然。（卷一頁三）

由此可見，袁氏之意乃謂詩人有才外，尚需要加上後天之努力，時時以名家自居，細心的選字酌句，以成為詩之大才；否則能放不能斂，則便如「黃河萬里，與泥沙俱下」的粗率之輩了。對此，袁枚認為詩人除了有天生的才能以外，還需要配合學與識，方能達到真正的奇才之境；葉燮之《原詩》中曾言：「曰才、曰膽、曰識、曰力，此四言者所以窮盡此心之神明。」[13]其中所言之識，便包含了學與識兩項要點，袁枚相當重視才情與學識的配合，他在〈續詩品・尚識〉說：「學如弓弩，才如箭簇。識以領之，方能中鵠。」[14]袁枚把才、學、識三者之關係明確的定位，並且強調此三者之重要，缺一不可。

要之，若是以才論詩，不論是先天的天份之才，還是後天的學力之才，都是屬於詩人於性情之外應該要具有的特殊才能。詩人有一定的詩才，才可以運筆成斤，運用心思及詩人的特質，使詩作生氣勃發；詩人運用生活中的知識學問，將所見聞之事運用於作品之上，才可以達到性靈說表現真性情的詩學要求。

（二）詩人需有靈感

性靈說注重詩人有外在的詩才表現之外，還需要有內在的「靈思」、「靈感」存在。詩人在創作作品的時候若有性靈者，便比較容易產生靈感與靈思，存在詩人創作時提供詩人心理與思想上的觸發，使其可以捕捉靈思產生的瞬間，從而出現完美的作品。於是可知性靈說

13 葉燮《原詩》卷2頁525，台北：西南書局，1979年11月。
14 袁枚《小倉山房詩集》卷20頁15，版本同前注。

於性情之外另一個強調的重點，便是重視詩人特殊的靈感。

自古以來中國文學都非常重視作文者需要有與眾不同的靈感，如陸機的〈文賦〉中提到：「應感之會，通塞之紀，來不可遏，去不可止。藏若景滅，行猶響起。方天機之駿立，夫何紛而不理？」[15]王士禛《帶經堂詩話》卷三〈真訣〉云：「夫詩之道，有根柢焉，有興會焉。」「根柢原於學問，興會發於性情」[16]在無論言「感應」、「興會」在此都是指詩人特殊的靈思而言，強調詩人在創作時需具有「靈」之存在。性靈說標舉性靈之重要，而王士禛《帶經堂詩話》又說：「學力深始能見性情，若不多讀書、多貫穿，而遽言性情，則開後學油腔滑調、信口成章之惡習矣。」[17]知漁洋更重視「學力」。而袁枚較重「興會」。在《隨園詩話》中說：「西厓先生云：『詩話作而詩亡。』余嘗不解其說。後讀《漁隱叢話》，而嘆宋人之詩可存，宋人之話，可廢也……如此論詩，人天閼性靈，塞斷機栝，豈非詩話作而詩亡哉？」（卷八頁一）所以袁枚也曾批評王士禛云：「阮亭主修飾，不主性情，觀其到一處必有詩，詩中必用典」（卷三頁五）就是這個意思。不過二人其實都認為「學力」與「性情」，不可偏廢，只是重點有些差別。

15 六臣注昭明太子《文選》卷17，陸機〈文賦〉台北：商務印書館四部叢刊。
16 王士禛《帶經堂詩話》卷3〈真訣〉，頁4，台北：清流出版社，1976年10月。
17 同注16，卷29，〈外紀門・答問〉頁1。

詩人於創作時若有靈感產生，思想與靈感激盪之下，則較容易成詩，袁枚說：「改詩難于於作詩，何也？作詩興會所至，容易成篇。」（卷二頁二）如此的情況下，詩人自是信手拈來都是佳句完篇，而達到蘇軾所謂「如行雲流水，行於當行，止於不可不止」的境界。然而，任何靈感時常都是靈光一現，稍縱即逝的，詩人必須要重視並且要盡量的去把握靈感出現的剎那。前引「興會所至」指的是內心裡靈感的出現；而袁枚又說「改詩則興會已過，大局已定，有一二字于心不安，千力萬氣，求易不得……」（卷二頁二）。「興會已過」便是指靈感消失，詩人內心已不再有激動，要成佳詩便不容易了，因此當靈感出現時必須要盡力的去把握，以免靈感消失，扼殺了創作。

靈感通常都是一時的感動與領會，是出於偶然的，然而靈感的偶然出現也需要建立在深厚的學力基礎上，《隨園詩話》曾引白雲禪師的偈語：「蠅愛尋光紗上鑽，不能透處幾多難。忽然撞著來時路，始覺平生被眼瞞。」（卷四頁六）。這樣突然出現的感悟與作詩靈感偶然的出現頗有相似之處。

（三）詩貴自然

性靈說對於詩既然要求需真切與純真，自然對於詩作的自然與否是相當重視的，強調詩作必須要有自由的敘述，在內容與形式上都不應該受到任何法規的束縛，《隨園詩話》在論及此一論點的時候說：「無題之詩，天籟也，有題之詩，人籟也，天籟易工，人籟難工。《三百篇》《古詩十九首》皆無題之作，後人取其詩中首面之一二字為題，獨遂絕千古。」（卷七頁六）「天籟」出於《莊子》一書，旨在表示自然之音無須藉由後天人工的矯揉造作來美化，自然之音即是最美妙之樂章。而「漢魏以下，有題方有詩，性情漸漓」（卷七頁六）可見袁枚認為有題之詩是為文造情，因此性情薄弱而列於較次等的「人籟」之列；而渾然天成的無題詩，自然流露出真實的性情，因此稱為「天籟」。袁枚認為天籟詩是最美妙的。

> 詩有天籟最妙，尹似村〈偶成〉云：「嬌兒呼阿爺，樹上捉蝴蝶，老眼看分明，霜粘一黃葉。」陳竹士〈山中口占〉云：「酌酒松樹蔭，醉臥雲深處；人閒雲不閒，松邊自來去。」（卷五頁四）

又：

> 蕭子顯自稱：「凡有著作，特寡思功，須其自來，不以力構。」此則陸放翁所謂「文章本天然，妙手偶得之」也。薛道衡登吟榻構思，聞人聲則怒。陳后山作詩，家人為之逐去貓犬，嬰兒都寄別家；此即少陵所謂「語不驚人死不休」也。二者不可偏廢，

蓋詩有從天籟來者，有從人巧得者，不可執一以求。（卷四頁八）

「天籟」由性情而出，而詩人詩中有「天籟」而不自知乃是性靈說注重的高妙境界，即陸放翁所謂「文章本天然，妙手偶得之」；亦即袁枚的〈春日雜詩〉所寫：「自把新詩寫性情，勝他絲竹譜春聲。」[18]又如〈遣興雜詩〉所謂「聽得兒童笑語譁，天機都在野人家」[19]順合自然，情景交融。作詩可以達到情景的自然交融，以寫景的心境說理，以達情的境界描物，則情景交融而有所興會，進一步達到自然靈妙的境界，此便是性靈說所表舉詩尚自然最主要的理論依據，也是性靈說極為重要的詩學理論之一。

五・結語

袁枚在《隨園詩話》所標舉的性靈說之內容，主要是以性情、著我、性靈、空靈、詩才、自然作為基本的架構。《隨園詩話》中所言的情感界是主觀的描述，而一般事物的的描摹則是客觀的，若是詩人於創作時能將主觀的思想與客觀的景物近質的融合為一體，並且以

18 袁枚《小倉山房詩集》卷15頁4，版本同前注。
19 同上，卷24頁10。

獨創、自然的方式表現出現，便是性靈說所標榜的佳詩了。《隨園詩話》認為性靈就是詩學的精神所在，好的作品都是作者真情感的表現，自然與思想的融合。因此在詩歌的創作與形式上來看，表現純真的性情與巧妙空靈、機靈的思想，便是《隨園詩話》「性靈說」主要的意義了。

附：1. 本文參考拙著《詩學、詩話、詩論講稿》其中有關袁枚與《隨園詩話》部分。
2. 在南京大學文學院講學一個月期間，蒙丁帆院長，莫礪鋒教授、張伯偉教授賢伉儷等等，以及佘卉秘書熱情款待協助，十分感激。
3. 南京大學講學期間曾參訪南京、無錫、上海、蘇州、杭州、揚州、鎮江等名勝，未能作成記錄，盼日後空暇能補充記遊。

附：本書作者著作目錄

（一）、編著

書名	出版地	出版社	出版時間	頁數
1《說文解字》中的古文究	台中	手抄本	1970年6月	271頁
2袁枚的文學批評	台中	手抄本	1973年6月	568頁
3鄭板橋研究	台中	曾文出版社	1976年11月	212頁
4吳梅村研究	台中	曾文出版社	1981年4月	377頁
5趙甌北研究（上、下）	台北	臺灣學生書局	1988年7月	864頁
6蔣心餘研究（上、中、下）	台北	臺灣學生書局	1996年10月	1305頁
7增訂本鄭板橋研究	台北	文津出版社	1999年8月	312頁
8增訂本吳梅村研究	台北	文津出版社	2000年6月	418頁
9袁枚的文學批評（增訂本）	台北	聖環圖書公司	2001年12月	490頁
10古典詩選及評注	台北	文津出版社	2003年8月	473頁
11簡明中國詩歌史	台北	文津出版社	2004年9月	341頁

12《隨園詩話》中所提及清代人物索引	台北	文津出版社	2005年7月	223頁
13清代詩文理論研究	台北	秀威資訊科技公司	2007年2月	246頁
14韓柳文選評注	台北	文津出版社	2008年9月	318頁
15陶謝詩選評注	台北	秀威資訊科技	2008年9月	226頁
16詩學・詩話・詩論講稿	台中	東海中文研究所講義	2008年9月	391頁
17歐蘇文選評注	台北	文津出版社	2009年1月	354頁
18詩與詩人專題研究講稿	台中	東海中文研究所講義	2009年1月	214頁
19楚辭選評注	台北	秀威資訊科技	2009年4月	306頁
20山水詩研究講稿	台中	東海中文研究所講義	2009年11月	328頁
21鏤金錯采的藝術品 ——索引本評點補《麝塵蓮寸集》	台北	秀威資訊科技公司	2011年4月	270頁
22山水詩研究論稿	台北	華藝數位有限公司	2011年11月	348頁

（二）、合集

書名	出版地	出版社	出版時間	頁數
1王建生詩文集	台中	自刊本	1990年7月	168頁
2建生文藝散論	台北	桂冠圖書公司	1993年3月	254頁
3心靈之美	台北	桂冠圖書公司	2000年11月	208頁

4 山濤集	台北	聯合文學	2005年8月	206頁
5 山中偶記	台北	秀威資訊科技公司	2012年	233頁
6 一代山水畫大師井松嶺傳（井松嶺先生口述王建生整理）	待刊			

（三）、詩集

書名	出版地	出版社	出版時間	頁數	
1 建生詩稿初集	台中	自刊本	1992年11月	70頁	270首
2 涌泉集	台中	自刊本	2001年3月	145頁	310首
3 山水畫題詩集	台北	上大聯合股份有限公司	2009年12月	136頁	600餘首
4 山水畫題詩續集（附畫作）	台北	秀威資訊科技	2011年8月	158頁	440餘首

（四）、畫集

書名	出版地	出版社	出版時間	頁數
消暑小集（畫冊）	台中	台中養心齋	2006年9月	2（上下卷）長卷軸

（五）收集金石文物

書名	出版地	出版社	出版時間	頁數
1 尺牘珍寶	台中	自刊本	2005年5月	32頁
2 金玉古玩入門趣	台北	貓頭鷹出版社	2010年3月	143頁（精裝本）

（六）、單篇學術論文、文藝創作作品、展演

著作篇名	出版書籍及期刊名稱	卷期、頁數	出版年月
1 鄭板橋生平考釋	東海學報	17卷頁75至92	1976年8月
2 吳梅村交遊考	東海學報	20卷頁83至101	1979年6月
3 吳梅村的生平	東海中文學報	第二期頁177至192	1981年4月
4 屈原的「存君興國信念」	遠太人與忠恕之辭	15期頁53至54	1984年12月
5 淺論我個人對文藝建設的新構想	東海文藝季刊	16期頁1至5	1985年6月
6 談文學的進化論	東海文藝季刊	17期頁3至8	1985年9月
7 淺談文學的多元論	東海文藝季刊	20期頁6至8	1986年6月
8 談文學的波動說	東海文藝季刊	24期頁1至14	1987年6月
9「性靈說」的意義	東海文藝季刊	25期頁2至7	1987年9月

10 清代的文學與	東海文藝季刊批評環境	26期頁3至27	1987年12月
11 與青年朋友談文藝	東海文藝季刊 ——須有「個性」	27期頁18至21	1988年3月
12 與青年朋友談文藝	東海文藝季刊 ——須有「真」「趣」	33期頁7至11	1988年6月
13 從文藝創作獎談文藝創作論	東海文藝季刊	28期頁2至11	1988年6月
14 趙甌北的文學批評	中國文化月刊 ——論李白	104期頁32至47	1988年6月
15 趙甌北的史學成就	東海學報	29卷頁39至53	1988年6月
16 趙甌北的文學批評	中國文化月刊 ——論杜甫	105期頁32至41	1988年7月
17 趙甌北交遊	東海中文學報	8期頁19至66	1988年6月
18 趙甌北的文學批評——論韓愈	中國文化月刊	106期頁36至44	1988年6月
19 憶巴師（古詩）	巴壺天追思錄	頁112至114	1988年8月
20 與青年朋友談文藝 ——須有「主」「從」	東海文藝季刊	29期頁6至9	1988年9月
21 趙甌北的文學批評——論白居易	中國文化月刊	107期頁105至114	1988年9月
22 趙甌北的文學批評——論歐陽修	中國文化月刊	108期頁34至38	1988年10月
23 與青年朋友談文藝 ——須有「結構」	東海文藝季刊	30期頁2至7	1988年12月

24 趙甌北的文學批評——論王安石	中國文化月刊	110期頁27至31	1988年12月
25 趙甌北的生平事略	書和人	611期	1988年12月
26 趙甌北的文學批評——論蘇軾	中國文化月刊	112期頁30至40	1989年1月
27 與青年朋友談文藝 ——須有「氣」「象」	東海文藝季刊	31期頁2至10	1989年3月
28 詩經、楚辭	中國文化月刊	121期頁98至113	1989年11月
29 漢代詩歌——樂府民歌	中國文化月刊	122期頁95至105	1989年12月
30 魏晉南北朝民歌	中國文化月刊	123期頁65至86	1990年1月
31 唐代詩歌（一）	中國文化月刊	124期頁27至46	1990年2月
32 唐代詩歌（二）	中國文化月刊	125期頁73至92	1990年3月
33 唐代詩歌（三）	中國文化月刊	126期頁83至108	1990年4月
34 宋代詩歌（上）	中國文化月刊	128期頁59至81	1990年6月
35 宋代詩歌（下）	中國文化月刊	129期頁66至80	1990年7月
36 中國散文史	東海中文學報	9期頁33至96	1990年7月
37 金元詩歌	中國文化月刊	130期頁71至80	1990年8月
38 明代詩歌	中國文化月刊	131期頁54至73	1990年9月
39 清代詩歌（上）	中國文化月刊	132期頁68至78	1990年10月
40 清代詩歌（下）	中國文化月刊	133期頁44至62	1990年11月
41 歲暮詠四君子（古詩）	東海校刊	238期	1990年12月

42 東坡傳	中國文化月刊	135期頁36至56	1991年1月
43 歐陽修傳	中國文化月刊	138期頁43至62	1991年4月
44 慶祝開國八十年（古詩）	實踐月刊	816期頁12	1991年5月
45 應東海大學書法社國畫社邀請參加師生聯展（展出書法）	在東海大學課外活動中心展出		1991年12月
46 題畫詩（八十二首，自題所作水墨畫）	中國文化月刊	152期頁87至97	1992年6月
47 應中國當代大專教授聯誼會邀請聯展（展出書畫）	在台中文化中心文英館展出		1993年1月
48 應臺灣省中國書畫學會邀請聯展（展出書畫）	在台中文化中心文英館展出		1993年1月
49 蔣心餘文學述評——藏園九種曲（一）	中國文化月刊	160期頁62至82	1993年2月
50 題畫詩（有畫作）	東海文學	38期頁37至38	1993年6月
51 應中國當代大專書畫教授聯展作品刊出	中國當代大專書畫教授聯展選集	頁15	1993年7月
52 蔣心餘文學述評——藏園九種曲（二）	中國文化月刊	166期頁91至110	1993年8月
53 刊出行書中部五縣市書法比賽入選作品	臺灣省中國書畫學會會員作品專輯	頁35	1993年
54 評「李可染畫論」	書評（雙月刊）	8期頁3至5	1994年2月

55	蔣心餘文學述評——藏園九種曲（三）	中國文化月刊	173期頁75至91	1994年2月
56	蔣心餘文學述評——藏園九種曲（四）	中國文化月刊	177期頁95至118	1994年7月
57	蔣心餘與袁枚、趙翼及江西文人之交遊	東海中文學報	11期頁11至29	1994年12月
58	也談玉璧	中國文化月刊	194期頁121至128	1995年12月
59	談玉圭	中國文化月刊	198期頁114至127	1996年4月
60	應中國當代書畫聯誼邀請「傑出書畫名家聯展」（展出書法、水墨畫）	在美國洛杉磯展出		1996年10月
61	應兩岸書畫交流暨臺灣區國畫創作比賽聯展（展出書法、水墨畫）	在台中市文英館展出		聯展作品于85年12月 1997年1月31日出版
62	清代文學家蔣士銓	書和人	823期	1997年4月19日
63	神韻說的意義	中國文化月刊	220期頁62至67	1998年7月
64	肌理說的意義	中國文化月刊	221期頁46至48	1998年8月
65	憶江師舉謙	東海大學校刊	7卷1期	1999年3月10日
66	憶江師舉謙	東海校友雙月刊	207期	1999年3月
67	參加「臺灣文學望鄉路」現場詩創作	台中文化中心	1999年4月	

68 懷念老友松齡兄	東海大學校刊	7卷3期	1999年5月
69 臺灣省中國書畫學會會員聯展（展出書畫）	台中市文化中心第三、四展覽室		1999年11月20日至12月2日
70 揚州八怪的鄭板橋	書和人	910期	2000年9月16日
71 韓愈的生平柳宗元的生平	未刊稿（後收在《山濤集》）	頁80至113	1999年8月
72 憶方師母	方師母張懿言女士紀念文集	頁152	2001年6月
73 捐出書畫、參與財團法人華濟醫學文教基金會舉辦「關懷心，濟世情」書畫義賣會	地點：嘉義華濟醫院		2001年8、9月
74 參與臺灣省中國書畫學會聯展（展出書畫）	台中市文化中心文英館		2001年12月15日
75 參加臺灣省中國書畫學會聯展（展出書畫）	彰化社教館		2002年11月
76 參加臺灣省中國書畫學會聯展（展出書畫）	台中市文化中心文英館		2003年8月23日
77 應台中科博館邀請演講〈菊花與文學〉	台中科博館		2003年11月
78 《菊花與文學》	《東海文學》	第55期83-87頁	2004年6月

79〈從《興懷集》、《獨往集》看蕭繼宗先生生平與人格思想〉	《緬懷與傳承——東海中文系五十年學術研討會》	頁93～123	2005年10月
80參加臺灣省中國書畫學會	台中市文化中心文英館書畫聯展主題畫廊（展出書畫）		2005年10月1日
81應邀北京大學中文系講座，題目：乾隆三大家：袁枚、趙翼、蔣士銓	北京大學中文系		2006年4月
82參加第九屆東亞（臺灣、韓國、日本）詩書展	台中市文化中心	收在《作品集》31～32頁	2006年5月
83〈從《興懷集》、《獨往集》看蕭繼宗先生生平與人格思想〉	東海中文學報	18期頁131～162	2006年7月
84參加臺灣省中國書畫學會書畫聯展（展出書畫）	台中市稅捐處畫廊		2006年10月
85〈袁枚、趙翼、蔣士銓三家同題詩比較研究〉	東海大學中文系教師論文發表會	42頁	2006年11月
86大雪山一日遊——中文系系友會紀實	《東海人》季刊	第六期第二版	2007年5月20日
87參加2007臺灣省中國書畫學會會員聯展（展出書畫）	台中市文化局文英館主題畫廊	有《作品集》刊出	2007年7月14日

88	〈袁枚、趙翼、蔣士銓三家同題詩比較研究〉	《東海中文學報》第19期	頁139～194	2007年7月
89	接受《東海文學》專訪，題目：〈他的專情專心與專一〉	《東海文學》	第58期頁53～59	2007年6月
90	兩岸大學生長江三角洲考察活動參訪紀實	《東海校訊》	131期第3版	2007年10月31日
91	從《興懷集》、《獨往集》看《東海中文系五十年蕭繼宗先生生平與人格思想學術傳承研討會論文集》	台北：文津出版社 頁130～168		2007年12月
91	參加臺灣省中國書畫學會會員聯展（展出書畫）	台中市稅捐處畫廊		2008年11～12月
92	「博愛之謂仁」書法	台北：《新中華》雜誌	第28期46頁	2009年1月
93	「臺灣省中國書畫學會」及「台中市青溪新文藝學會」在台中市後備指揮部舉辦「吉祥聯誼」團拜，王建生資深理事：精進書藝，著作《陶謝詩選評注》表現卓越，推展中華文化有功，接受表揚。	台中市後備指揮部		2009年2月15日

94「臺灣省中國書畫學會」、台中市青溪新文藝學會聯展（展出書畫）	台中市後備指揮部官兵活動中心大禮堂		2009年10月10日
95赴南京大學學術交流，題目：袁枚與《隨園詩話》。並列為「明星講座」	南京大學		2009年10月21日起一個月
96臺灣省書畫學會聯展（展出畫作）	臺灣省書畫學會聯展（展出畫作）		2010年8月21日至2010年9月2日
97大道中國書畫學會聯展（展出畫作）	台中文化中心大墩藝廊（四）		2010年8月21日至2010年9月2日
98台中文藝交流協會（展出畫作）	台中財稅局藝廊		2010年9月1日至2010年9月3日
99蕭繼宗先生寫景詩的探討	東海大學中文系教師發表會		2010年10月
100敬悼鍾教授慧玲	東海大學中文系鍾慧玲教授紀念集	頁16至17	2011年1月
101臺灣省中國（展出水墨山水畫）	台中市立大墩文化中心門廳書畫學會聯展		2011年2月12日至17日
102《東海文學》62期封面封底水墨畫二幅	《東海文學》62期		2011.06
103敬挽鍾教授慧玲〈七古〉	《東海文學》62期		2011.06

104 我眼中的中文系學生	《東海文學》62期	6頁	2011.06
105 蕭繼宗先生寫景詩的探討	《東海中文學報》第23期	1～22頁	2011年7月
106 應台中市藝文交流協會100年	台中文化中心文英畫廊書畫聯展展出水墨畫二幅		2011.9.17～9.29
107 大道中國書畫學會（展出水墨畫）	台中文化中心大墩藝廊（四）		2011.10.15～2011.10.20
108 蕭繼宗先生感懷詩的探討	東海大學主辦：中國古典詩學新境界會議研討會		2011.11.20
109 蕭繼宗先生感懷詩的探討	中國古典詩學新境界論文集	287～304頁	2011.12

（七）、主編學術性、文藝性刊物（略）

釀文學　PG0729

山中偶記

作　　者　王建生
責任編輯　蔡曉雯
圖文排版　王思敏
封面設計　陳佩蓉

出版策劃　釀出版
製作發行　秀威資訊科技股份有限公司
114 台北市內湖區瑞光路76巷65號1樓
電話：+886-2-2796-3638　傳真：+886-2-2796-1377
服務信箱：service@showwe.com.tw
http://www.showwe.com.tw
郵政劃撥　19563868　戶名：秀威資訊科技股份有限公司
展售門市　國家書店【松江門市】
104 台北市中山區松江路209號1樓
電話：+886-2-2518-0207　傳真：+886-2-2518-0778
網路訂購　秀威網路書店：http://www.bodbooks.com.tw
國家網路書店：http://www.govbooks.com.tw
法律顧問　毛國樑　律師
總 經 銷　聯合發行股份有限公司
231新北市新店區寶橋路235巷6弄6號4F
電話：+886-2-2917-8022　傳真：+886-2-2915-6275

出版日期　2012年3月　BOD一版
定　　價　290元

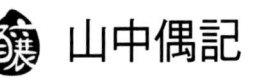

國家圖書館出版品預行編目

山中偶記 / 王建生著. -- 初版. -- 臺北市：釀出版, 2012.03
面； 公分. --（釀文學 ; PG0729）
ISBN 978-986-6095-98-6（平裝）

855 101001308

讀者回函卡

感謝您購買本書，為提升服務品質，請填妥以下資料，將讀者回函卡直接寄回或傳真本公司，收到您的寶貴意見後，我們會收藏記錄及檢討，謝謝！

如您需要了解本公司最新出版書目、購書優惠或企劃活動，歡迎您上網查詢或下載相關資料：http:// www.showwe.com.tw

您購買的書名：________________________

出生日期：________年________月________日

學歷：□高中(含)以下　□大專　□研究所(含)以上

職業：□製造業　□金融業　□資訊業　□軍警　□傳播業　□自由業

□服務業　□公務員　□教職　□學生　□家管　□其它____

購書地點：□網路書店　□實體書店　□書展　□郵購　□贈閱　□其他

您從何得知本書的消息？

□網路書店　□實體書店　□網路搜尋　□電子報　□書訊　□雜誌

□傳播媒體　□親友推薦　□網站推薦　□部落格　□其他________

您對本書的評價：（請填代號　1.非常滿意　2.滿意　3.尚可　4.再改進）

封面設計____　版面編排____　內容____　文／譯筆____　價格____

讀完書後您覺得：

□很有收穫　□有收穫　□收穫不多　□沒收穫

對我們的建議：________________________

請貼
郵票

11466
台北市內湖區瑞光路 76 巷 65 號 1 樓

秀威資訊科技股份有限公司 收

BOD 數位出版事業部

(請沿線對折寄回，謝謝！)

姓　　名：＿＿＿＿＿＿＿＿　年齡：＿＿＿＿　性別：□女　□男

郵遞區號：□□□□□

地　　址：＿＿＿＿＿＿＿＿＿＿＿＿＿＿＿＿

聯絡電話：(日)＿＿＿＿＿＿＿＿　(夜)＿＿＿＿＿＿＿＿

E-mail：＿＿＿＿＿＿＿＿＿＿＿＿＿＿＿＿